国际大奖小说
芬兰文学奖最佳童书奖

波波夫电台

[芬兰]安雅·波尔蒂 / 著

任 静 / 译

Radio Popov

天津出版传媒集团
新蕾出版社

图书在版编目 (CIP) 数据

波波夫电台 /(芬) 安雅·波尔蒂著；任静译. --
天津：新蕾出版社，2024.1
(国际大奖小说)
ISBN 978-7-5307-7638-4

Ⅰ.①波… Ⅱ.①安… ②任… Ⅲ.①儿童小说-幻
想小说-芬兰-现代 Ⅳ.①I531.84

中国国家版本馆 CIP 数据核字(2023)第 194364 号

Original title: Radio Popov
Text © Anja Portin 2020
Illustrations and cover © Miila Westin 2020
Published originally in Finnish by S&S
Published by agreement with Helsinki Literary Agency, through The Grayhawk Agency
Simplified Chinese translation copyright © 2024 by New Buds Publishing House (Tianjin) Limited Company.
ALL RIGHTS RESERVED
津图登字：02-2021-198

书　　名	波波夫电台　BOBOFU DIANTAI
出版发行	天津出版传媒集团 新蕾出版社
	http://www.newbuds.com.cn
地　　址	天津市和平区西康路 35 号 (300051)
出 版 人	马玉秀
电　　话	总编办 (022)23332422 　　　发行部 (022)23332351　23332679
传　　真	(022)23332422
经　　销	全国新华书店
印　　刷	天津新华印务有限公司
开　　本	880mm×1230mm　1/32
字　　数	120 千字
印　　张	8.25
版　　次	2024 年 1 月第 1 版　2024 年 1 月第 1 次印刷
定　　价	32.00 元

著作权所有，请勿擅用本书制作各类出版物，违者必究。
如发现印、装质量问题，影响阅读，请与本社发行部联系调换。
地址：天津市和平区西康路 35 号
电话：(022)23332677　邮编：300051

一辈子的书

◎ 梅子涵

◆ 亲近文学 ◆

一个希望优秀的人，是应该亲近文学的。亲近文学的方式当然就是阅读。阅读那些经典和杰作，在故事和语言间得到和世俗不一样的气息，优雅的心情和感觉在这同时也就滋生出来；还有很多的智慧和见解，是你在受教育的课堂上和别的书里难以如此生动和有趣地看见的。慢慢地，慢慢地，这阅读就使你有了格调，有了不平庸的眼睛。其实谁不知道，十有八九你是不可能成为一个文学家的，而是当了电脑工程师、建筑设计师……可是亲近文学怎么就是为了要成为文学家，成为一个写小说的人呢？文学是抚摸所有人的灵魂的，如果真有一种叫作"灵魂"的东西的话。文学是这样的一盏灯，只要你亲近过它，那么不管你是在怎样的境遇里，每天从事怎样的职业和怎样地操持，是设计房子还是打制家具，它都会无声无息地照亮你，使你可能为一个城市、一个家庭的房间又添置了经典,添置了可以供世代的人去欣赏和享受的美,而不是才过了几年,人们已经在说,哎哟,好难看哟!

谁会不想要这样的一盏灯呢?

◆阅读优秀◆

文学是很丰富的,各种各样。但是它又的确分成优秀和平庸。我们哪怕可以活上三百岁,有很充裕的时间,还是有理由只阅读优秀的,而拒绝平庸的。所以一代一代年长的人总是劝说年轻的人:"阅读经典!"这是他们的前人告诉他们的,他们也有了深切的体会,所以再来告诉他们的后代。

这是人类的生命关怀。

美国诗人惠特曼有一首诗:《有一个孩子向前走去》。诗里说:

> 有一个孩子每天向前走去,
> 他看见最初的东西,他就变成那东西,
> 那东西就变成了他的一部分……

如果是早开的紫丁香,那么它会变成这个孩子的一部分;如果是杂乱的野草,那么它也会变成这个孩子的一部分。

我们都想看见一个孩子一步步地走进经典里去,走进优秀。

优秀和经典的书,不是只有那些很久年代以前的才是,只是安徒生,只是托尔斯泰,只是鲁迅;当代也有不少。只不过是我们不知道,所以没有告诉你;你的父母不知道,所以没有告诉你;你的老师可能也不知道,所以也没有告诉你。我们都已经看见了这种"不知道"所造成的阅读的稀少了。我们很焦急,所以我们总是非常热心地对你们说,它们在哪里,是什么书名,在哪儿可以买到。我就好想为你们开一张大书单,可以供你们去寻找、得到。像英国作家斯蒂文生写的那个李利一样,每天快要天黑的时候,他就拿着提灯和梯子走过来,在每一家的门口,把街灯点亮。我们也想当一个点灯的人,让你们在光亮中可以看见,看见那一本本被奇特地写出来的书,夜晚梦见里面的故事,白天的时候也必然想起和流连。一个孩子一天天地向前走去,长大了,很有知识,很有技能,还善良和有诗意,语言斯文……

同样是长大,那会多么不一样!

◆自己的书◆

优秀的文学书,也有不同。有很多是写给成年人的,也有专门写给孩子和青少年的。专门为孩子和青少年写文学书,不是从古就有的,而是历史不长。可是已经写出来的足以称得上琳琅和灿烂了。它可以算作是这二三百年来我们的文学里最值得炫耀的事情之一,几乎任何一本统计世纪文学成就的大书里都不会忘记写上这一笔,而且写上一个个具体的灿烂书名。

  它们是我们自己的书。合乎年纪,合乎趣味,快活地笑或是严肃地思考,都是立在敬重我们生命的角度,不假冒天真,也不故意深刻。

  它们是长大的人一生忘记不了的书,长大以后,他们才知道,原来这样的书,这些书里的故事和美妙,在长大之后读的文学书里再难遇见,可是因为他们读过了,所以没有遗憾。他们会这样劝说:"读一读吧,要不会遗憾的。"

  我们不要像安徒生写的那棵小枞树,老急着长大,老以为自己已经长大,不理睬照射它的那么温暖的太阳光和充分的新鲜空气,连飞翔过去的小鸟,和早晨与晚间飘过去的红云也一点儿都不感兴趣,老想着我长大了,我长大了。

  "请你跟我们一道享受你的生活吧!"太阳光说。

  "请你在自由中享受你新鲜的青春吧!"空气说。

  "请你尽情地阅读属于你的年龄的文学书吧!"梅子涵说。

  现在的这些"国际大奖小说"就是这样的书。

  它们真是非常好,读完了,放进你自己的书架,你永远也不会抽离的。

很多年后,你当父亲、母亲了,你会对儿子、女儿说:"读一读它们,我的孩子!"

你还会当爷爷、奶奶、外公和外婆,你会对孙辈们说:"读一读它们吧,我都珍藏了一辈子了!"

一辈子的书。

目录

1　鬼鬼祟祟的家伙　　　　　1

2　阿曼达·莱赫蒂玛雅　　　7

3　"世界边缘"　　　　　　15

4　压扁人的盒子　　　　　22

5　奥尔加姑姑的朋友　　　26

6　无线电发射机工作　　　34

7　准备工作　　　　　　　49

8　门后的叹息　　　　　　56

9　波波夫电台首播　　　　72

10　重返校园　　　　　　　75

11　爸爸回家　　　　　　　85

12	波波夫电台讲述和动物长大的孩子	93
13	寻人启事	96
14	在仓库	102
15	愚蠢的念头	108
16	发烧	114
17	波波夫电台的文学之旅	121
18	揭露秘密（一）	127
19	伊丽丝的计划	134
20	伊丽丝监视	142
21	波波夫电台为被遗忘的孩子献上美食小贴士	156
22	秘密会议	159
23	泰赫迪宁接走了我	171

24	揭露秘密（二）	178
25	波波夫电台讲述 无线电波在太空中的旅行	187
26	爸爸的情况变得复杂	189
27	波波夫电台告诉你 晚上睡不着时该怎么办	195
28	未知的涂鸦	198
29	圣诞行动	202
30	告别	207
31	孩子们抵达	215
32	派对	228
33	波波夫电台的圣诞歌曲	240
34	照片	243

后记　谁是亚·斯·波波夫　　　　　　　　　　250

1　鬼鬼祟祟的家伙

我是阿尔弗雷德——被遗忘的阿尔弗雷德，是这个故事的叙述者。

所有讲故事的人都知道，故事一定要有个开头，用来引出故事的情节。一些故事可能开始于影响重大的剧变，比如火山爆发，有人出生或离世，再或者某人收到了意想不到的邮件。另一些故事则会以微不足道的小念头开始，比如某人决定尝试在门厅的地上睡觉是否比在自己的床上睡得好，就像我在十月的某个夜晚做的那样。

那天晚上，我尝试了所有可能入睡的办法：我曾试着打开窗户，把枕头翻个面，穿上袜子又脱掉，喝完水去厕所，然后吃半个腌黄瓜又喝水，但我就是睡不着。任何办法都不起作用。于是我把枕头和毯子夹在腋下，在门厅粗糙的地毯上躺下，把头放在枕头上，把平时放在睡衣上衣口袋里的手电筒放在枕头下面。地毯已经好几个月没有打扫了，里面的沙粒硌着我的背，干了的泥块在我身下被磨成细粉。但这个地方用来睡觉感觉还不错,至少它给我的不眠之夜带来了变化。

我躺在门厅,聆听着夜晚的声音。除了暖气片里偶尔发出的水声和树枝划厨房玻璃的声音,周围都很安静。嗯,好像也不能完全这样说,我的肚子在咕咕地叫着,而且比以往叫得都凶。我饿了,我太饿了。

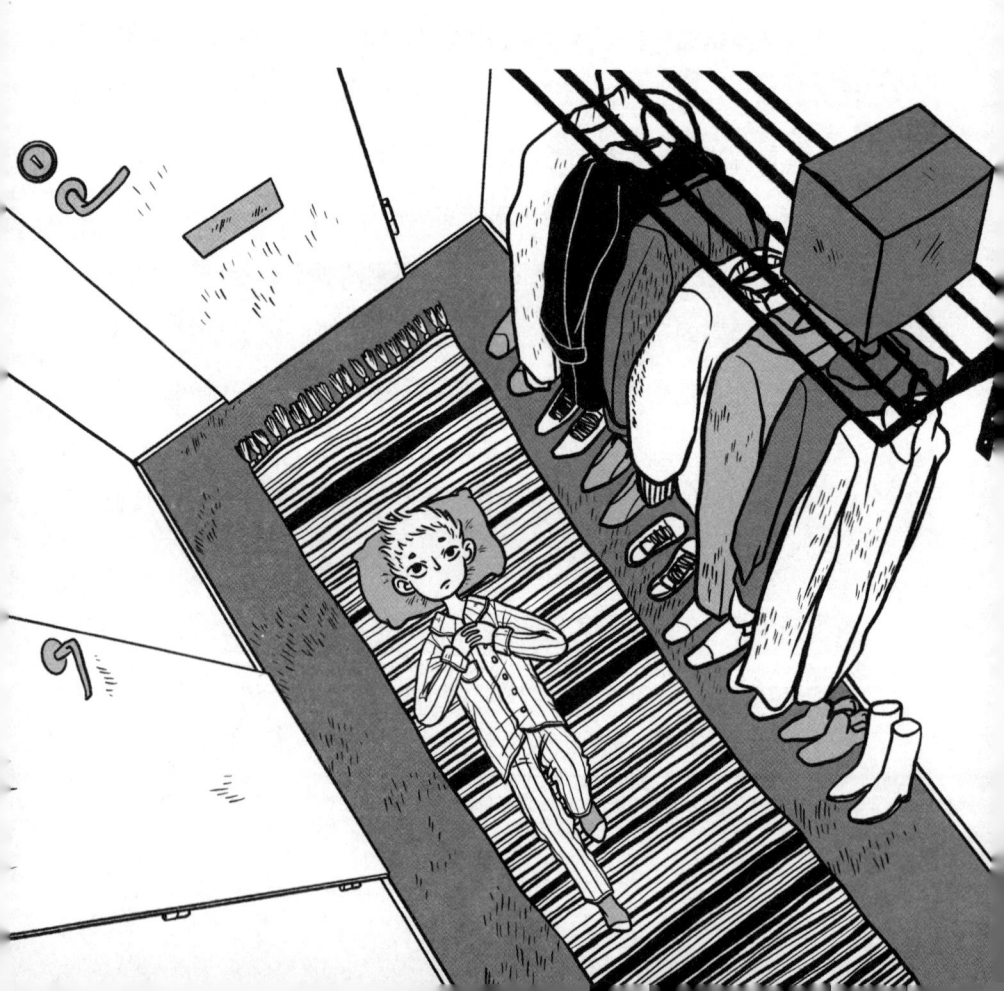

我和爸爸一起生活在萨维路4号。或者应该在"生活"一词上加引号，更确切地说，应该在"和爸爸一起"这几个字上加引号，因为我已经很长时间没有在家里见到过爸爸了。虽然说起来是我和爸爸一起生活在宽敞的公寓楼里，但实际上我是独自被存放在这个有三间屋子和一间厨房的空间里，因为爸爸总是不在这儿。

爸爸离开已经一个月了，或许更久，因为我不知道时间到底过了多久。爸爸去工作了。用他自己的话说，他正在世界的某个地方开展业务或者和一些重要的人谈判，可能在意大利，也有可能在墨西哥，或者在巴厘岛。爸爸从来没有告诉过我他要去哪里，什么时候回来。某一天，他会毫无预兆地从门外进来，从包里拿出一些吓人的雕塑或者花瓶放在书架上，然后他就陷进沙发里，直到下次离开家的时候才会起来。通常，爸爸离开家之前会买一些食物，但这次他忘记去超市了。我想，爸爸可能给我留下了买食物的钱，我对此很期待。因为这样，我就可以自己选择吃什么了。我不要吃意大利空心面，不要吃面包干。我只要新鲜水果和奶酪，还有刚出炉的烫手的面包。我迫不及待地打开橱柜门，弯腰去拿生锈的锡罐，那是爸爸的钱罐。但罐子底部除了面包屑和卫生纸，只有少得可怜的几枚硬币。

我只好将就着吃橱柜里能找到的一些东西——米、通心粉、酸脆薄饼、番茄酱、腌黄瓜、干面包、茶包和蜂蜜，但现在存货已经不多了。白天,我煮了最后一份通心粉,用刀从罐子底部刮出仅剩的一点儿番茄酱。晚上,我吃了一片酸脆薄饼,喝了一杯加了蜂蜜的伯爵牌的茶——这是爸爸喜欢喝的茶,但是我不喜欢。泡茶的水是直接从水龙头接的热水,因为家里没有办法烧水了,爸爸忘了付电费。我刚煮完通心粉,电就停了。

所以我就那样,躺在一片漆黑中,背后是硌人的沙粒,旁边是一杯温茶。这时,我听到了有脚步声从楼梯间传来。突然,脚步声停了,什么东西啪嗒一声,然后又有脚步声,又停了,接着又传来啪嗒一声。脚步声,停,啪嗒一声。最后,脚步声停在了门外。那个鬼鬼祟祟的家伙现在站在离我仅一步之遥的地方。我害怕肚子饥饿的咆哮会出卖我,但幸运的是我的肚子在最后一刻意识到了要保持安静。

我如释重负地叹了口气,或许是因为疲惫,或许是因为无聊,也或许两者都有。叹息经常会这样无缘无故地冒出来。

门外安静了下来。我屏住呼吸,听着门外的动静。门另一边的人可能也在做同样的事。

我试图放松,但随后又不由自主地发出一声叹息——一声犹如从深井中发出的叹息。门外传来沙沙的声音。

我吸了一口气,问:"是谁?"

没有人回答。也许那个家伙没有听到我的问题。"是谁?"我把耳朵贴在门上,又问道。

走廊里安静得可怕,直到门上的信箱口突然作响,有什么东西穿过信箱口掉到了地上。我从枕头下抓起手电筒照了照,地板上放着一份报纸。

所以,这个家伙只是一个送报纸的,他可能送错地址了。爸爸很久以前就不订报纸了,因为他总不在家。爸爸不知道我喜欢报纸。有时我会从垃圾堆里捡一些旧报纸,从头到尾看一遍。现在停电了,掉在地板上的报纸就像从天上掉下来的金块,因为这是我与世界唯一的联系。我的手机因为没法儿充电不能用了,电视没电了,电脑没电了,所有的电器都没电了。

我准备把报纸摊在面前,沉浸在世界大事中,想象自己生活在其中——想象自己置身于无休止的骚动之中,在购物中心的人群中,在足球场疯狂的喧嚣中,在龙卷风、火山爆发和划破天空的流星雨中……然而,这一次,我并没有进入想象中,因为当我打开报纸时,一个红红的小苹果滚到了地毯上。我从地上抓起苹果咬了一口,又抓起报纸。报纸里有奇怪的硬块。我迅速打开折着的报纸,用手电筒照了照。报纸里塞着灰色的羊毛袜子和用厨房纸包着的三明治。我很震惊。是不是送报纸的人不小心把三明治夹在报纸中间了?或者这只是个愚蠢的恶作剧?不管怎样,我穿上了羊毛袜子。袜子干净又温暖,还有三种颜色的条纹:蓝色、红色和绿色。之后,我贪婪地咬了一口三明治，直到被黄瓜片沾湿的燕麦的味道霸占了我的味蕾，我才想起那个鬼鬼祟祟的家伙。我跳起来把门推开，但是楼梯间又黑又安静。那个家伙不见了。

2 阿曼达·莱赫蒂玛雅

第二天晚上,我又来到门厅的地毯那儿,我想弄清楚那个家伙到底是谁。他今天还会再来吗?他还会把食物从信箱口丢进来吗?我的手机没电了,但是闹钟还剩一点儿电。我把闹钟放在旁边的地板上,一直关注着指针的走动。我等着闹钟在两点半时的震动,昨天那个家伙就是那个时候来的。

时间过得真快,我的肚子又开始叫了。已经是周日了,除了昨晚的惊喜,也就是报纸里包裹的食物以外,我再没吃过别的了。下次我能吃到学校的热食得至少一周后了,因为周一开始放秋假了。一想到即将要吃的饭我就恶心。腌黄瓜和面包干?或者面包干和腌黄瓜?又或者是面包干、腌黄瓜和自来水泡的伯爵茶?唉,我觉得一周不到我可能就会饿死,我什么也做不了。也许我可以去别人的院子里扫树叶赚钱,或者扮雕像,就像我之前在城市里见到的身上刷着银漆的男人那样。

幸运的是,很快我就有其他事情要考虑了。楼下传来开门的声

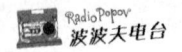

音,随后走廊里传来一走一停,啪嗒,一走一停,啪嗒的声响。我起身溜到门那里,把耳朵贴在门上。走廊里传来小心翼翼的走路声,然后安静下来了。那个家伙此刻就站在门口。如果我们之间的这扇门突然消失,我们的耳朵可能会互相贴紧。一想到那个家伙的耳朵在贴着我的耳朵,我就不寒而栗。他在想什么?他是不是也给别人送了三明治?或者他是打算让我出去,那些礼物只是引诱我出去的诱饵?

我心中满是可怕的疑团。我经常这样疑神疑鬼。一个人的时候很容易怀疑一切。这也是为什么我很难想象,有人晚上偷偷摸摸地在门口走动是出于好意。我想三明治和羊毛袜子应该和一些可怕的东西有关——敲诈和恐吓?恶意的戏弄?一种潜伏的细胞毒素,能缓慢而痛苦地杀死人?任何事情都有可能。然而,我不打算投降,至少不打算轻易投降。进攻是最好的防御。我屏住了呼吸,但最终我不得不把气呼出来。一声叹息,就像一阵风穿过隧道般传入了走廊的墙壁,我感觉整个房间都在因它的力量而颤抖。就在这时,信箱口开了,一份报纸掉在地上。

"进攻是最好的防御。"我边跟自己说着边推开门直接冲到那个家伙面前。

那家伙大叫着向后跳去。我赶紧抓住他夹克的衣角,不让他跑掉。那家伙猛地一晃,有什么东西从他怀里掉落到地上。我低头一看，发现几个小苹果散落在我的脚边。那家伙咕哝了几句，蹲下来捡苹果。我当时还拽着他的夹克，直接就被他带倒在地。我双膝跪地时，那家伙的头重重地撞在了我的下巴上，我忘记了自己面对的可能是一个危险的罪犯。

"对不起。"我托着下巴结结巴巴地说。

那家伙甚至都没有看我一眼，而是开始把苹果堆成一堆，装进他的挎包里。我突然感到自己有些笨拙，不知道能做什么，所以我开始帮他捡苹果。我偷偷地把一个苹果塞进睡衣的口袋里，把其余的交给了那家伙。

"谢谢。"他说着站了起来。

那家伙拽直了他夹克的褶边，咕哝了几句抱怨孩子横冲直撞的话，竟然是女人的声音。天太黑了，我看不见她的脸。她个子不高，看上去也不是特别吓人，所以我也站了起来。她伸手摸着自己的脖子，久久地看着我。这凝视再次让我焦躁不安。我想冲回门厅，但我的内心要我留下来。如果我让那家伙在这儿停留一会儿，我可能能知道她在想什么。

"好吧，你可以放松下来，"那家伙看了我一会儿后说，"我不会吃了你的。"

"到底怎么回事？"

"好吧，那我猜你是……"

那家伙停顿下来,歪着头看着我。

"阿尔弗雷德。"我说,"在学校里大家都这么叫我。"

"'都这么叫'是什么意思?这不是你的真名吗?"

"我不知道,也许是吧。"

"怎么可能?我想每个人都知道自己的名字。"

当那家伙看到我的肩膀突然无力地下垂时,她沉默了。我把手伸进睡衣的口袋里,使劲地捏着里面的苹果,我的指甲都快刺穿它的皮了。我内心刚刚鼓起的像天上的月亮一样又大又亮的勇气,在我的身体里渐渐消失了。

"好吧,好吧。"那家伙摇着头说,"我不认为说出自己的名字有多么可怕。"

乌云涌上我的心头。一切都无所谓了。当腌黄瓜和面包干吃完以后,不管怎样,我都会死。即使那家伙听到了真相,情况也差不多,所以我告诉了她。我对自己的名字不太确定,因为在家里已经好多年没听人说过这个名字了。在家的时候,爸爸只是叫我儿子或者连称呼都没有。所以如果家里不是只有我们两个人的话,我都不知道他在和谁说话。"那就把盘子清了吧!""赶紧离开洗手间吧!""看起来又考得很好。""我出门的时候,家里保持干净。""来吃吧!""来吧!""做吧!"当我开始上学、轮到我说自己的名字时,我开始结结巴巴地说:"阿,阿,阿……"

老师头也不抬地看着资料说:"那么,阿尔弗雷德……下一个。"从那以后,每个人都叫我阿尔弗雷德。

"所以我是对的。"那家伙在我讲完后说道。

"什么?"

"我想你是他们中的一员。"

"他们是谁?"

"被遗忘的人。"那家伙脱口而出,她吸了口气继续说,"好吧,阿尔弗雷德。我现在必须走了。"

那家伙转身要离开。我很着急。

"可是为什么……"我有些不知道说什么好。

"因为人们都在等着。"那家伙回答,"他们需要在早晨之前拿到报纸,否则我将丧失信誉。"

"我的意思是……"我语无伦次地说,"我只是想知道为什么昨天晚上的报纸里有……"

"羊毛袜子、一个三明治和一个苹果,如果我没记错的话。"那家伙回答完我的问题就走下了楼梯,"我今晚只带了苹果,但现在它们有凹痕了。幸运的是,其他人已经拿到了。这次你是最后一个目标。"

还有谁?什么目标?为什么送报纸的人还送苹果。当我反应过来的时候,那家伙已经走到楼下的门口了。

"等我!"我在她身后喊道。

"不。"她加快了脚步。

"等等!别走!"

我迅速跳过门槛,走进门厅。我穿上跑鞋,从衣架上抓起夹克,冲回楼梯。我离开时不小心踢到了放在门厅地板上的那份报纸,一个漂亮的小苹果从里面滚到地毯上。我把它放进口袋,砰的一声关上门,朝那家伙追了上去。她已经在外面了,正大步朝旁边的公寓门走去。我成功地在公寓门关上之前跟着她进了公寓。但她好像当我不存在一样,匆忙地挨家挨户送报纸。报纸看起来很平常,没有撞击声,也没有重重砸到地板上的苹果,没有什么奇怪的。

最后,那家伙回到了街上。她抓起一辆装着报纸的手推车,朝着人行道走去。我急忙追在她后面。

"别跟着我!"她叫着,加快了步伐。

"我就跟着。"我气喘吁吁地跟在她身后。

"你不能穿着睡衣在外面跑。你必须回家。"

"我没法儿回家。"

"为什么?"

"我把钥匙落在家里了。"

"那你得给开锁工打电话,或者把你父母叫醒。"

"我没有父母。或者说,通常情况下是这样。"

"通常情况？"

"是的，通常情况。"

"意思是……"

"也就是，我不知道他们在哪儿。"我平静地说，深吸了一口气，又继续说道，"自从我出生以来，我从没见过我的妈妈。我的爸爸总在出差，我想我最后一次见到他可能是在某个时候……"

"某个时候？"

"可能是八月份。"

那家伙在人行道上停下来看着我。因为有路灯照着，到现在我才看清楚她的长相。她既不年轻也不老，也许有五十岁；绿色的眼睛上方是浓浓的眉毛；浓密的头发向各个方向微微飘扬，里面藏着向上张开的大耳朵。

她好奇地看着我，慢慢地点了点头。

"一个中度案例。"她说。

"啊？"

"你属于中等程度这个级别。"

"那是什么？"

"完全被遗忘，但有行为能力的孩子。"她又开始推着手推车走，"你还有希望！"

手推车的车轮在夜间的人行道上嘎吱嘎吱地滚动着。我惊讶地看着那个家伙。完全被遗忘的、有行为能力的、中度案例,那家伙有什么权力来定义我?"被遗忘的"我还能理解,但"有行为能力的"是什么意思? 还有什么神奇的级别?

那家伙推着她的手推车跑了。夜风吹拂着人行道上泛黄的枫叶,车轮在树叶上碾过时发出沙沙声。一阵风从睡衣下摆吹进我的腋窝,轻轻抚摸着我的身体两侧。我拉上外套拉链,追赶那家伙。她步子又大,走得又快,我得跑着才能跟上。有一次,她从眼角瞥了我一眼,但什么也没说。我跟在她后面,完全不知道要去哪里,但这没有给我带来困扰。我宁愿在夜晚的街道上奔跑,也不愿失眠在床上翻来覆去。而且,外面空气清新,散发着秋天的气息,呼吸也很舒服。

过了一会儿,那家伙在一个十字路口停了下来,转过身来看着我。

"好吧,阿尔弗雷德,"她说话时用力捏着车把手,在街灯的照射下可以隐约看到她白色的指关节,"你可以一起来,但那样的话,你就算是得到准许来帮助我。"

"明白。"我答应得很快。在她还没来得及收回承诺的时候我补充道:"我什么都会,会读书、算数、会洗碗、煮咖啡、煎鸡蛋,还会推手推车,还有……"

"我是阿曼达,"那家伙说道,"阿曼达·莱赫蒂玛雅。"

3 "世界边缘"

那天晚上,空气中弥漫着某种不寻常的东西,这让我感到不安。我在半夜穿着睡衣去追一个奇怪的家伙,我不知道是该感到兴奋还是恐惧。我太紧张了,根本没注意我们走的路线。阿曼达在前面推着手推车,我跟在她后面。也许我们经过了寂静的街区,经过了商店、游乐场和公交车站;也许我们走了几千米,也许好几千米;也许我们有时磕磕绊绊地走在狭窄的道路上;也许夜晚已经变成早晨。

当路灯熄灭,我们走到一个窄巷子里时,我才反应过来。巷子两旁是低矮的金属板棚屋。巷子异常安静,仿佛从来没有生命存在过。铁锈和潮湿土壤的气味充斥在空气中。我们从可怜的棚屋之间走到小巷的尽头,那里出现了一片草地,草地的边缘生长着茂密的灌木丛。阿曼达疲惫地走在草地上。手推车在崎岖不平的草地上颠簸,草地上还长着棕色的雏菊和蓟。草地的另一边竖着一道浓密的云杉栅栏。阿曼达推着手推车沿着栅栏走,然后突然转了个弯,把

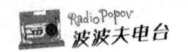

手推车推到了云杉栅栏的另一边。

我无助地盯着那些云杉树枝。阿曼达穿过之后，它们摇晃了一会儿，然后停下来，形成一堵密密的墙。阿曼达不见了踪影，仿佛云杉把她吞没了。我不知道该怎么办。我应该转身回家，回到我悲惨的生活中，还是跨过云杉栅栏，走进未知的世界？回家对我来说并不诱人，我在黑暗中几乎找不到正确的路。所以，我吸了口气，朝云杉走去。云杉的树枝像又长又尖的手指一样互相缠绕着。树枝划着我的脸。在两棵云杉之间，在它们的掩蔽处，我找到了刚刚手推车拐进去的入口。我用手护着脸，穿过栅栏。

另一边，一个惊喜在等着我。黑暗处并不完全黑暗，而是亮着一种奇怪的光。我的面前长着许多老苹果树，树枝被苹果压得低垂下来。光亮来自悬挂在苹果树树枝上的防风灯。黄色的灯光照亮了一条蜿蜒在树林间的小路。在小路的尽头隐约可见一座带倾斜门廊的旧木屋。门廊上也亮着灯，它们似乎在邀请我走近点儿。

突然，我旁边传来一声啼叫——呱啊！我转向声音传来的方向，看见一只大乌鸦正站在一棵老苹果树的树枝上。它用漆黑的眼睛盯了我一会儿，然后把头扭开，骄傲地看着隐在树后的房子。后来我意识到，它只是想宣布，我刚刚到达了苹果园园主阿曼达·莱赫蒂玛雅的领地。

阿曼达·莱赫蒂玛雅住在"世界边缘"的一座浆果色的木屋里，

远离人们的视线。我把这个地方叫作"世界边缘",因为它真的处在一切的边缘!它在这座城市的边缘,在棚屋小道的尽头,在一片长满雏菊和蓟的草地的边缘。除此之外,房子后边还是一个开放的岩石峡谷边缘,我也是到了白天才看到它。这是一个没有人会意外到访的地方。

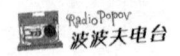

当我到木屋那儿时,阿曼达已经把手推车推到房子墙边的小篷子下,走上了门廊。她从长凳下面的蓝瓷罐里拿出一把黑色的大铁钥匙,插进门锁。

"跟上。"阿曼达说着打开了门。

我小心翼翼地走上门廊。这里弥漫着苹果的香气。宽阔的地板在我脚下嘎吱作响。阿曼达把鞋子脱在门廊,带我进了门,然而,我们并没有再往里走。

"呃,我已经忘记这里一团糟了。"阿曼达说道。

大厅的地板上放着一张凳子和一个沉重的木箱,周围是散落的苹果。阿曼达用鞋子轻轻地把苹果移到一边,然后拿起盒子开始收苹果。一开始我站在旁边看着,但后来我开始帮她,那是那天晚上我第二次蹲在阿曼达旁边。

"小心,小心。"当我们把苹果放回盒子时,阿曼达重复道,"这些是给被遗忘的人准备的……他们,你,你们。但是现在它们只能去果酱罐子里了。"

"不能把果酱裹进报纸里吗?"我问道,心里暗自高兴,因为我明白了阿曼达对于被遗忘者的定义,以及苹果应该如何送到他们手中,也就是我们手中。

阿曼达的手停在了盒子的边缘。"裹进报纸里?"她笑着说,"报纸什么都能裹吗?"

"所以,不是果酱,而是果酱罐,装有果酱的果酱罐。"我解释道,"如果真的有又小又平的罐子,难道不能用报纸包起来吗?还可以在罐子外包上羊毛袜子。"

阿曼达看了我一眼,从我手里拿走一个黄绿色的苹果,当时我正要用牙啃它。

"呃,呃,还不行。"她说着把苹果放进了盒子里,"这是安东诺夫卡苹果,很漂亮,是吧?"

安东诺夫卡苹果。我盯着苹果,在心里重复了一遍。

"冬季苹果,在储藏室里成熟。在集市上看不到这么漂亮的苹果。"阿曼达骄傲地说,"其他事情白天再做。我们可以用薄纸把它们包起来,放在篮子里等待冬天的到来。用有凹痕的苹果做果酱,这确实是一个不错的主意……又小又平的罐子……还有羊毛袜子……"

当阿曼达说话时,我的心里洋溢着暖意。我不敢问她说的"我们"是否包括我在内,但我心里暗自期待。我们用薄纸把安东诺夫卡苹果包起来,我们一起做果酱。已经很久没有人用这种方式和我说"我们"了,一种我可以想象自己也属于"我们"这个词划定的范围的方式。直接使用的"我们"和祈使句中间接使用的"我们"是完全不同的。不是"把它包起来,煮吧",而是"我们包装,我们煮,我们做这个、做那个"。这听起来多有趣啊!

阿曼达把苹果放进盒子里。她全神贯注,完全没有注意到我在傻笑。

"哦,小可怜。"她喋喋不休地对着苹果说,"我真是笨手笨脚。"

当阿曼达对着苹果说话时,一只身上有红色条纹的猫走了过来。它弓着背贴着阿曼达走,好像在和阿曼达商量什么。

"看看,胡维图斯,你竟还敢来作案现场。"阿曼达斥责道,"哈拉莫夫斯基呢,它藏哪儿了?你们真应该来帮忙,爱争斗的淘气包!"

"哈拉莫夫斯基是谁?"我问,"也是一只猫吗?"

这时,传来了敲门声。

"这就是我提到的那个糟糕的家伙。"阿曼达说着站了起来。

我从前门旁边的窗户往外看,窗上深绿色的油漆掉得很严重。我在花园里遇到的那只乌鸦在窗户后面站着。乌鸦歪着头,又用嘴敲了敲门,这次敲得更狠了。

"来了,来了。"阿曼达边应着边去开门。乌鸦飞到阿曼达的手上,轻轻地啄着她。

阿曼达把乌鸦放到帽架上,先仔细看了看乌鸦,然后又看了看猫。

"现在你们可以平静地度过剩下的夜晚了。"她说着继续收苹果,"在我去送报纸之前,这两个家伙扭打成了一团,我不得不去调解。那真是一场可怕的午夜表演。大厅里很黑,我忘记了之前把装苹果的盒子放在凳子上了,结果……"

"你撞上了盒子,然后它掉地上了。"我轻声说。

"是的,但我没有时间收拾。"阿曼达继续说道,"如果报纸没有在人们醒来之前送到,他们会感到不安。最重要的是……"

说到这儿阿曼达停住了,认真地看着我。我被她的目光吓到了,手里的苹果也掉到了地上。我屏住呼吸,直到颤抖的叹息在胸膛升起。阿曼达皱起眉头,迅速停止了把头发捋到耳朵后的动作。她弯腰把苹果从地上捡起来,继续说着,好像在谈论一些世界上最常见的事情:

"最重要的是,我需要时间来确认是否有新的叹息者加入送报纸的队伍,就像今天一样。"

我尴尬地笑了笑。我想我明白她的意思了。今天阿曼达送报纸的队伍里出现的新的叹息者,就是我。

4　压扁人的盒子

"好吧,今天就这样吧!"阿曼达说着打开了客厅的门,"我们进去。你也是,哈拉莫夫斯基!"乌鸦叫着从帽架上飞了下来。它飞过我的头顶,爪子掠过我的头发,消失在客厅的暗处。黑暗中,防风灯闪烁的微光从面向花园的大窗户透过来。阿曼达走到客厅一侧的卧室,打开了一盏落地灯。灯光照在一张黑色铁床和地板上。床上放着一堆枕头,地板上放着一些木箱和布袋。箱子中间放着一条深蓝色的针织毯子。床旁边是一个木盒子,里面有一堆书和一杯水。盒子顶部放着一本薄薄的书,书的边缘卷曲着,封面上写着"苹果园丁日记"。墙上挂着两幅镶了框的画,其中一幅画描绘了一棵苹果树的一部分,另一幅画的是一根细绳把一根小树枝绑在一根更粗的树枝上。

"这张画展示了树木是如何被嫁接的。"阿曼达解释说,她注意到我正在看那些画。她把床上的毯子铺平,说:"当我不在的时候,胡维图斯总是霸占我的床。"

我试图抚摸在我脚边走动的胡维图斯，但它扭身溜到了床底下。阿曼达打开了挂在天花板上的吊灯，又打开了通向门厅处的木柜的门，开始在木柜里面不停地翻找，一直翻到她自己都快消失在里面了。我环视了一下宽敞的房间，这是一个集厨房、餐厅、卧室和客厅于一体的地方。在朝向苹果园的窗户前，有一张工作桌。桌子的一端放着一个切菜板，上面放着洋葱、胡萝卜和半颗卷心菜；另一端放着木板、螺丝钳、锤子和钉子，还散放着锅和水杯。在房间最里面的那个角落里有一个柜子，柜子上面有一个浅蓝色的碗柜，柜门的铰链松了，门半开着。房间的中央放着一个深色的火炉，火炉后面有一个高高的灰色烟囱。在烟囱和通向门厅的门之间，有一张由宽木板做成的桌子，周围摆放了一圈不同颜色的椅子和凳子。椅子上放着纸板箱，桌上放着一大篮子苹果和空玻璃罐。

木柜方向传来了声音。阿曼达掏出一捆浅灰色的布，两头都挂着一根粗绳子。阿曼达爬上梯子，梯子通向小屋角落里的阁楼。她爬到梯子的顶端，把布推到阁楼里，然后自己爬了上去，把浅灰色布的绳子分别系在阁楼墙壁和栏杆的钩子上。

"你可以睡在上面。"她说着，甩开了毯子，"这张吊床好久没人用了，希望绳子能承受住。"

我也希望如此。我不想摔断脖子，尤其是现在，我终于离开了萨维路。我还是有点儿兴奋。在我失眠的夜晚，我试过在不同的地

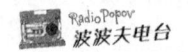

方睡觉,从门厅的地毯到客厅的宽窗台,但我从来没有在吊床上睡过。

"天快亮了。"阿曼达说着把吊床摆正,"你最好现在就去睡觉。我们白天还有很多事要做。"

直到现在我才意识到自己有多累。仿佛阿曼达的话,尤其是那个很不起眼儿但对我来说充满希望的词——"我们",打开了我内心的一把锁,让失眠消失了。一个哈欠从我的下颚滚到我的胸部和身体两侧,我摇摇晃晃地靠到爬到我旁边的胡维图斯的尾巴上。它跳上桌子,藏到了一篮子苹果后面。阿曼达从床下的抽屉里拿出一个胖乎乎的枕头和一条蓝绿色的花毯子,把它们塞进我的怀里。

"那么晚安吧。"她说着,朝我点了点头。

"晚安。"我回答道,尽管天已经快亮了。我把毯子夹在腋下拖进黑暗的阁楼。阁楼上,破椅子、地毯卷、灯、纸箱、篮子和布毯,这些东西在阴影中若隐若现,上面都覆盖着厚厚的灰尘。阿曼达好像在今晚之前已经好久没来过阁楼了。我把枕头和毯子放到吊床上,低头看了一眼楼下。阿曼达把灯关掉,回到床上,很快灯也熄灭了。我爬进了吊床,但在黑暗中我什么都看不清,一不小心从吊床上翻了下去,掉到了一堆杂物上。我还没来得及将杂物推开,一个纸箱就扑通一声掉到了我的腿上。

"救命!"我尖叫起来。

"小心,小心。"阿曼达睡眼惺忪地低声说道,但她不知道那纸箱快要把我压扁了。

哈拉莫夫斯基是醒着的。它飞到阁楼的栏杆上,用它的黑眼睛严肃地盯着我。

"别瞪了!"我咆哮着把纸箱推开。哈拉莫夫斯基猛地昂起头,飞了起来。我起身,朝纸箱里看了看,里面有一些看起来很奇怪的装置,但在黑暗中我看不清到底是什么。我从睡衣口袋里拿出手电筒,照着纸箱。纸箱上粘着一张纸,时间长了,纸的边缘都卷起来了。只见那张纸上写着:波波夫的物品,保存。

5 奥尔加姑姑的朋友

"早上好！睡得真香！"阿曼达的声音从楼下传来。

我睁开眼睛，打了个哈欠，同时伸了伸胳膊。外面的天光已经很亮了。屋里吹过一阵凉风。阿曼达显然刚进来。她把一个很重的东西放在桌子上时，发出砰的一声，里面装的可能是苹果。我把脚放到地上，注意到旁边有个纸箱，正是昨晚砸在我身上的那个。

"好了，哈拉莫夫斯基，里面还是外面？"阿曼达问道。乌鸦从敞开的门那儿飞到门廊，又飞回屋里。

为了提醒大家我在夜里制造的噪声，哈拉莫夫斯基飞上阁楼，站在栏杆上又开始严肃地盯着我。我渐渐习惯了它的凝视。我对着它做了个鬼脸。哈拉莫夫斯基冲到我前面，落在纸箱上，然后紧紧地盯着纸箱盖下闪闪发光的棕色厚信封。

"别瞎想。"我说着试图去抓信封，但乌鸦的行动更快。它叼起信封飞走了。

我从吊床上爬了下来。屋里很暖和。木柴在炉子里噼啪作响，粥锅在炉子上冒着热气。桌子上放着新鲜的面包和一个盛着苹果酱的玻璃瓶。阿曼达把有裂缝的木箱搬到书桌旁,在裂缝上放上一块薄板,抓起了锤子。

"把粥从锅里盛出来。"她催促着,开始把木板钉在木箱边上,"盘子在那边……某个地方。"

阿曼达含糊地挥着她的手,并不解释在哪里可以找到盘子。我四下里看了看,最后打开了客厅墙上装有玻璃门的高高的壁橱。壁橱里面装满了各种各样的小东西:绳子、胶带卷、红色的橡胶塞、铅笔、蜡烛和破布,这些东西后面乱放着几个瓷杯。我伸手拿出两个大杯子,一个盛粥,另一个倒上已经做好的苹果汁——用安东诺夫卡苹果做的。我坐在桌旁,开始喝热粥。味道真好啊!胃里热乎乎的感觉太美妙了!

哈拉莫夫斯基站在桌边,爪子里夹着一个信封。我想知道信封里有什么,就伸手去拿。乌鸦发现了我的意图,用嘴叼起信封,把头从一边转到另一边,一副很郑重的样子。阿曼达做完手上的活儿走了过来。

"那是什么?"她一边问一边取下乌鸦的"猎物"。

这一次,哈拉莫夫斯基乖乖地张开嘴,让阿曼达拿走了信封。"它是夜里从杂物堆里掉到我身上的。"我说着,用袖子擦了擦嘴。

"是杂物堆那儿的。"阿曼达说着看了看信封,然后她皱起眉头,读着信封上的文字,"亚·斯·波波夫。"

"那是谁?"我一边问一边把苹果酱涂在面包上。

"这是,这不会是,或者是……"阿曼达喃喃自语着打开了信封。

阿曼达从信封里拿出一堆发黄的旧纸。她打开一张折着的纸,摊在桌上,弯身查看。我瞥了一眼,见那上面画着一些技术图,旁边还有一些用墨水写的东西,密密麻麻的字母看起来很奇怪,比普通的字母更华丽。我一个也看不懂。阿曼达去给自己倒了杯咖啡,然后继续看纸上的东西。

"上面写了什么?"我问。

"我也想知道。"阿曼达说着把她的圆形老花镜戴在鼻子上,"这是俄语。"

"你懂俄语?"

"我祖母是俄罗斯人。我小时候,祖母经常给我讲俄罗斯的事情。但她去世后,我几乎忘光了俄语。"阿曼达说,"得有人交流才能保证语言技能一直在。"

哈拉莫夫斯基用嘴叼住一张纸,开始在桌子上慢慢后退。

"噢,和你一起看吗?呼呼,快走开吧!"阿曼达赶紧把乌鸦赶走,然后把纸拿回来,"哈拉莫夫斯基这个名字源于一种苹果,是古老的俄罗斯苹果波洛温卡品种中的一种。我想这就是为什么它认为自己出身高贵,会俄语,是只好鸟。"

阿曼达低头看着那张纸,开始用手指一行一行地指着读。突然,她向前倾身,把她的杯子递给了我。

"咖啡。"她脱口而出,朝房间另一头打了个手势,连头都没抬,"在炉子边上,黑色的那个。谢谢你!"

我去给阿曼达的杯子倒上咖啡,同时又盛了一些粥。我把咖啡放在阿曼达面前,自己开始喝粥。我吃饱后就离开了桌子。我不能干坐在那里看着阿曼达。她一边研究那些古老的文件一边喝咖啡,好像咖啡能帮助她解开纸上的谜团一般。我从篮子里拿了一个苹果,把它滚到趴在垫子上的胡维图斯的鼻子底下。那只猫在床底下玩了会儿苹果,就跳上了床。

阿曼达从纸上抬起头。

"收音机。"她漫不经心地说道,然后摘下了她的老花镜,"我真是个傻瓜。这肯定是波波夫的发明!"

阿曼达从椅子上站起来,把桌子上散落的东西清理干净。她打开折叠的纸,跟我说,信封里装着早期无线电发射机的图纸和说明书。它们是由俄罗斯物理学家亚历山大·斯捷潘诺维奇·波波夫写的。波波夫是阿曼达祖母的姑姑奥尔加的朋友,也是无线电的首批开发者之一。奥尔加和波波夫是在1900年相识的,当时波波夫为了一项重要工作来到芬兰。阿曼达小的时候就从祖母那儿听说过这件事。奥尔加年轻时通过自学成为一名钟表匠,开了一家钟表店。波波夫曾经去过奥尔加的店里修理怀表,他们因此成为朋友。波波夫就在这间浆果色的房屋里拜访过奥尔加。几十年后,这座房子给了阿曼达的祖母,后来又给了阿曼达。当时他们一边喝茶,一边整夜谈论着最新的技术发明:电灯、X射线、新型相机。几年后,波波夫在俄罗斯物理与化学学会的一次会议上展示了他关于无线电技术的研究。虽然在波波夫之前已经有一些发明家研究过无线电波,但波波夫是第一个开发出无线电设备的人。

"这些图画一定和他的研究有关。"阿曼达总结道。

"但是它们为什么在这里?波波夫为什么不把它们带走?"我问道。

"波波夫像信任岩石一样信任奥尔加。"阿曼达回答。我想他可能只是把这些图画交给奥尔加保管,但一直没时间回来拿。他在几年后,也就是1906年去世了。同年,人们第一次听到电台广播,有音乐,也有演讲。"

阿曼达看着窗外若隐若现的苹果园,好像想在树枝上寻找她丢失的过往。过了一会儿,她说她几年前在整理壁橱时曾看到旧报纸上一篇关于科学思想发展的文章。那篇文章提出,如果所有的发明家都记录下他们的实验和想法,我们关于科学史的看法将会改变。文章中也提到了波波夫。据报纸报道,波波夫不喜欢人们对他的发明大惊小怪。他专注于研究,对如何通过发明赚钱不感兴趣,不像意大利的伽利尔摩·马可尼——他是第一个制造并且出售无线电设备的人,这就是为什么很多人认为他是无线电的真正发明者。波波夫也不是一个狂热的作家,所以很可能他所有的想法和发明没有被完全记录下来。

"这些可能是波波夫的一些从未公开过的实验。"阿曼达说着戴上老花镜,重新开始研究文件,"是的。当我还是个孩子的时候,我从我的祖母那里听说过她的姑姑被允许保管波波夫的东西,但我从来没有想到里面有这样的文件。它们一直都在这里保存着,就在我的房子里!"

"纸箱里还有其他东西。"我说。

"是什么?"

"夜里落在我身上的那个纸箱里,"我解释道,"有一些奇怪的装置。"

"你怎么现在才说!"阿曼达喊叫着冲向梯子。

阿曼达爬进阁楼,当她发现纸箱时高兴得叫起来。很快,她的脸出现在梯子的顶端,她喊我帮忙把纸箱拿下来。我踮起脚站在凳子上,接住了纸箱。从凳子上下来的时候,我成功躲开了趴在凳子下的胡维图斯,把纸箱放到了桌子上。

"小心,小心。"阿曼达在阁楼上叮嘱我。

阿曼达下来后打开了纸箱。她开始把一直属于波波夫的东西从纸箱里摆到桌子上：一个褪色的棕色挎包，一把带木柄的黑色长伞，还有滑冰用的冰刀。冰刀的尖端弯成了一个有趣的角度。最后，她把一个固定在木质底座上的设备放在桌子上。我在昨晚瞥见过它。它上面有炭黑色的棍子和中间缠绕着铜丝的线圈。一个像麦克风一样的突出物悬挂在设备的一侧，一根结实的金属线在突出物后面竖着。只不过在昨晚纸箱掉下来时，它被弄弯了。

"这一定是无线电发射机的模型。"阿曼达说着拉直了弯曲的金属线，"也许这只是波波夫不想看见的失败版本。"

"你以前为什么不打开这个纸箱?"我问,"很明显,它就在那堆东西上面。"

"纸箱,纸箱。"阿曼达突然说道,又摆了摆手,"那里也有纸箱!还有那里!阁楼上还有!我有更多其他的事情要做,而不是打开世界各地的纸箱或者让它们掉在我身上。"

我怒视着阿曼达,我昨晚差点儿就死在纸箱下面。但当我看到阿曼达摆弄着那些纸箱里的物品时,我的愤怒平息了下来。我弯下腰亲自检查了一下这个设备,一小块发黄的硬纸片滑到了木棍后面。我把它拿在手里看了看,上面印着:亚历山大·波波夫教授,圣彼得堡。我把硬纸片递给了阿曼达。

"看,他还留了名片。"阿曼达笑着说道,"好像他猜到有一天会有人研究自己的成果。"

"但我们用这个做什么呢?"我问。

"嗯?你说什么?"

"那么,那么你打算用这台设备做什么?"

我纠正道,因为我突然为自己说话时用了"我们"而感到尴尬。我不知道阿曼达的未来是否有我的份。"我们"这个词会很快从我的生命中消失吗?就像它出现时那样令人猝不及防。

"不做什么。"阿曼达耸了耸肩,毫不在意地说,"我找个时间把它装回那个纸箱里。它就是个废品,没什么用处。"

6 无线电发射机工作

无线电发射机放在客厅桌子上那一堆空玻璃罐中间。阿曼达把苹果切好放进锅里，时不时好奇地瞥一眼那台设备。我们一整天都在忙，没有时间去研究它。是的，是我们！我们切苹果，我们把苹果块放在锅里煮，直到苹果变软，变成苹果酱。我们一起品尝果酱，并决定何时装罐。我们把果酱装在罐子里，贴上标有苹果品种名称和制作日期的贴纸。这一切都是我们一起做的，我和送报纸的苹果园丁阿曼达·莱赫蒂玛雅一起帮助那些被遗忘的孩子们。

我很高兴我有了同伴。我很高兴每当饿了的时候，我总可以给自己切一片阿曼达烤的厚面包，然后涂上热乎乎的苹果酱。我不想去考虑这一切会如何结束。每当我的脑海里浮现出昏暗的家里的凄凉景象，或是爸爸的脸——有时在睡梦中面无表情，有时因愤怒而扭曲——我就开始在胡维图斯的鼻子前滚动苹果。看猫做游戏能帮助我忘记所有隐藏在记忆中的痛苦，它们好像在等待合适的时机把我拉回去。

在阿曼达家，我只想专注于身边的一切：峡谷边郁郁葱葱的花园，歪歪扭扭的苹果树，树枝上随风摇曳的防风灯，摆满桌子的果酱罐和果汁瓶，阁楼上挂着的吊床，还有阿曼达的室友胡维图斯和哈拉莫夫斯基。我在这里比我之前很多年睡得都好。

当我们再次把锅里的果酱装进玻璃罐里时，阿曼达说："今天这些就够了。我们还得为晚上的到来做准备。"

"为晚上的到来？"我问道，"到时候会发生什么？"

"会发生什么？"阿曼达叫了起来，她把锅放到水池里，"你的记性那么差吗，被遗忘的阿尔弗雷德？现在你在这里，那其他被遗忘的孩子就不需要照顾了吗？还是你想念你的家了？要不要我送你回去？"

"不，不要！"我痛苦地叫道，又悄悄地补充道，"而且，那不是我的家。不再是了。"

"是这样吗？所以，原来是这样。"阿曼达自言自语道，令人惊讶的是她并没有和我争辩。

阿曼达从桌子上拿起一罐果酱，放进一个大袋子里，叫了声哈拉莫夫斯基。可是那只乌鸦不见了。我担心地瘫坐在椅子上。也许阿曼达只是需要我帮忙切苹果和装果酱，也许她只是利用我的愚蠢，想在一天的工作结束后把我打发走。

"阿尔弗雷德，去看看哈拉莫夫斯基在不在院子里。"阿曼达

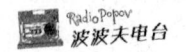

说,"如果你看到它,就吹两声口哨。我想你会吹口哨吧?"

"当然会。"我说完就吹起了口哨。

"太好了,就这样。"阿曼达称赞道,并鼓励地拍了拍我的肩膀,仿佛要打消我心中的所有疑虑。

天已经黑了。防风灯的光照在苹果光滑的表皮上,让人感觉很温暖。我脑子里闪过一些问题——我能信任阿曼达吗?她会不会赶走我并马上报警揭发我?如果关于被遗忘者的话是她在胡说八道呢?如果阿曼达是专门搜寻离家出走或打算离家出走的孩子,送报纸的工作只是为了掩人耳目呢?我绕着房子走到客厅的窗户下面,用双手抓住窗台,脚伸进房子石基的缝隙里,悄悄从窗户往里偷看。

阿曼达在房间里的果酱罐旁徘徊,看上去一点儿也不像在等警察来。我松了一口气,想起了我的任务:我必须找到乌鸦。我刚要落地,就感觉有东西抓住了我的肩膀,锋利的指甲穿透了我的睡衣。这么快就结束了吗?我会被拖回痛苦的深渊吗?我仰面倒在草地上,感到脸颊上有轻微的刺痛。我闭上眼睛,等着有人把我抬起来,拖到警车上。但什么也没发生。我睁开了眼睛,这时我注意到了哈拉莫夫斯基,它正站在靠墙的手推车边上,目不转睛地盯着我。

"哦,原来是你。"我轻声说道,觉得自己又恢复了力量,"你应该警告我的,你不能用这种方式吓我,别装无辜了!"

哈拉莫夫斯基开始拍打它的翅膀,似乎并不在意我的训斥。我看着它想起了我该做的事。我吹了两声口哨。哈拉莫夫斯基看着我,露出怀疑的神色,一动不动。我又吹了一声口哨,那只鸟终于飞了起来。我追着哈拉莫夫斯基跑,绕着房子转了一圈,才发现它站在门廊的栏杆上。我打开门,让它进去。阿曼达拖着一个大袋子在大厅里迎接我们。

"好的,你们到了,我们准备出发。两声口哨表示我需要帮助。"阿曼达解释道,并递给乌鸦一盏灯,"现在给我们带路吧,我的朋友。你,阿尔弗雷德,抓住袋子的另一边。"

袋子里装满了苹果酱罐子,非常重。阿曼达和我把袋子抬了出来,哈拉莫夫斯基用嘴挑着灯在我们前面飞。我们穿过苹果树走到地窖,地窖的门位于玫瑰和灌木丛中间的云杉栅栏边上。地窖里很黑,但是哈拉莫夫斯基熟练地飞了进去,站在架子的最上面,让灯照亮了整个地窖。我把罐子一个一个地递给阿曼达,她再把它们摆放在架子上。

"小心点儿,小心点儿。"阿曼达轻声说道,然后把我给她的最后一个罐子放到架子上后转了一下,"标签的一面朝前,这样方便我们以后找到我们想要的。"

我被惊到了。她又这样说了,我们。我心中燃起了一线希望。也

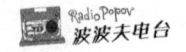

许阿曼达不会送我走,也许我还能有机会证明我对苹果园的工作有帮助,但我心里一直焦虑不安,这很难隐藏。突然间,我发出一声沉重的叹息,把地窖架子上的果酱罐都震得发抖。哈拉莫夫斯基有些害怕罐子突然发出的哗啦声,就用嘴把灯挑在阿曼达的头上,光照亮了阿曼达。

"啊呀呀,拿走那盏灯!"阿曼达突然叫道,急忙赶走乌鸦,好像害怕光会暴露什么似的。

就这样暴露了!就在阿曼达再次躲进地窖的阴影里之前,怪事发生了。阿曼达的耳朵突了出来,像好奇的小雷达一样来回移动,然后她的耳朵开始像果冻一样抖动。看起来它们好像随时都可能飞出来或变成碎片。阿曼达迅速用手捂住耳朵,冲出了地窖,还撞到了什么东西。

"你,你的耳朵。"我喊着追在阿曼达后面。

"是的,它们刚刚……"阿曼达吼着冲向门廊。

"我只是看到它们在发抖。"

"对,那又怎么样?"

"它们有什么问题吗?它们会掉下来吗?"

"它们没什么问题,它们就像猫爪子一样可以工作!"阿曼达快速说完,大步走进了屋,"虽然有时不可否认,但如果它们只是普通的耳朵会更好一些。"

我难以置信地盯着阿曼达的耳朵,它们停止了抖动,退到了头发里面。阿曼达看起来很烦躁,开始在壁橱里翻找,但什么也没拿出来。

"那到底是什么?"我低声问道。

阿曼达关上壁橱,背对着我站了一会儿。

"也许是时候让你知道了。"最后她说着转过身来,"我有'敏锐耳朵'。这意味着我的耳朵不是普通的耳朵,它们能识别被遗忘的孩子。当其中有孩子叹息时,它们就会开始抖动。"

"啊,刚刚可能是因为我……"

"可能是的。"阿曼达笑着说,"你总是叹气,我都没法儿把耳朵藏起来。阿尔弗雷德,你的叹息越深,我这忠实的听众反应就越强烈。没有它们,我就无法在夜里寻找被遗忘的孩子。"

"即使我躺在门厅那儿,它们也会抖动吗?"

"你觉得呢?"阿曼达微笑着说道,"我已经很长时间没有经历过那样的抖动了,也可能是因为你当时贴在门上,或者你只是那天晚上更绝望了。"

"是啊,我没食物了。"我平静地说道,然后又向阿曼达的耳朵瞥了一眼,"是什么原因让你的耳朵变成这样的?"

"没有人知道确切答案。"阿曼达回答,"不知道是什么原因,敏锐耳朵的耳膜对被遗忘的孩子的叹息有强烈的反应。这不仅是听

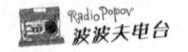

力问题,也是认知问题。叹息甚至会引起全身强烈的反应,有点儿像贝斯的重击声。"

"疼吗?"我问道,并本能地摸了摸自己的耳朵。

"其实不疼,虽然有时确实感觉有点儿尴尬。"阿曼达说,"我还听说,如果拥有敏锐耳朵的人不帮助那些耳朵感知到的需要帮助的人,抖动可能会变得让人难以忍受。我们的耳朵让我们过得也很不容易。"

我困惑地看着阿曼达。她谈到我们,但这一次,她指的不是我。这一次她指的是耳朵和她一样敏锐的人。我偷偷瞥了一眼阿曼达藏在头发里的耳朵,它们恢复了以前的样子,看不出任何异常了。我还是下定决心要去摸摸它们。我伸手想去摸阿曼达的右耳,但这时阿曼达从椅子上站了起来。我想如果我发出一声沉重的叹息,也许我能看到她的耳朵再次突出来。我深吸了一口气,尽我最大可能深深地叹了一口气,但什么也没发生。我更加努力地又试了一次,阿曼达的耳朵还是没变。

"我要指出的是,我能区分出真实的叹息和虚假的叹息。"阿曼达说着,弯腰从抽屉里拿出一卷浅绿色的薄纸,"这样我就不必被那些不必要的信号所累。"

"对不起,我不是故意的。"我平静地说道。

阿曼达把那卷薄纸放在桌上,突然改变了话题,好像关于敏锐耳朵没什么可说的了。

"这次我们要把食物包装得很漂亮。需要你从篮子里挑六个很小但看起来很好吃的苹果,用包装纸把它们包起来。"她边说边把做三明治的用具搬到桌子上,"同时,我再做些三明治。"

阿曼达把坚果酱涂在面包上,在上面放上切好的西红柿和香芹,然后将做好的三明治用油纸包好,再在外面套上五颜六色的橡胶圈。与此同时,我用包装纸把苹果包起来。当一切都准备好后,阿曼达把要带的东西装进了她的挎包。为了安全起见,她像往常一样多放了几个苹果进去。

"报纸呢?"我问道,"不是要把吃的藏在报纸中间吗?"

"你学得真快,阿尔弗雷德。"阿曼达笑着说,"我晚上去取报点拿报纸,把食物包在报纸里,然后把它们放回我的包里。但在那之前,我得睡一会儿。"

"我不用一起去吗?"

"不用。"

"我可以一路推手推车!"

"不行。孩子们晚上不可以在黑暗的街道上行走。"

"只有这一次。我保证……"

"阿尔弗雷德!"阿曼达怒吼一声,狠狠瞪了我一眼,"这次你要待在这里,密切关注胡维图斯和哈拉莫夫斯基的动静,这样它们就

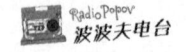

不会在我不在的时候打起来了。"

哈拉莫夫斯基听到它的名字后,飞到房间的另一头,站在放有波波夫的无线电发射机的桌子上。它先是歪着头看着它,然后扭动设备上的铜线,再用嘴敲打它。突然,令人意外的事情发生了:无线电发射机裂了!哈拉莫夫斯基吓得大叫起来,但它的叫声听起来像从窗台传来的回声。

胡维图斯正在那台老式的旅行收音机旁边徘徊,它被复活的设备吓了一跳,从窗户往下跳时把收音机推倒了。哈拉莫夫斯基又发出了一声吼叫,那声音又是从窗台那里传来的——是旅行收音机发出的。

"也许能用。"我低声说。

"我想是的。"阿曼达喘着气说道,"我猜是哈拉莫夫斯基把零件和电线扭到了正确的位置,收音机接收到了信号。"

阿曼达看着无线电发射机,好像被迷住了。她一动不动地站在那里沉思,直到好久以后才如梦初醒,仿佛有什么东西重新启动了她体内的机器。阿曼达以最快的速度清理了桌子,把无线电发射机拉近了一些。她转着发射机仔细看,又敲了一下麦克风,砰的一声顿时又从窗台处传来。阿曼达赶紧拿起这个在她不知情的情况下打开的旅行收音机,用眼睛打量了一下。这是一个口袋大小的扁平收音机,它有一个可以插在手腕或背包上的环。

"这个，又小又可爱。"阿曼达欢喜地说，"实际上它这么小，刚好能塞进……"

"信箱。"我接过阿曼达的话说道。

"没错。"阿曼达兴奋地说，"我最近一直在想，我怎么能给被遗忘的孩子送去除了食物和羊毛袜子之外的东西，一些可以带来快乐的东西……"

"那天，我躺在狭窄的地毯上，一整天都没跟任何人说过话。"

"对，你说过！"阿曼达叫了起来，眼睛闪闪发光地看着我，"现在解决方案就直接砸在了我们头上。"

"是我的头上。我差点儿被砸死。"

"哈哈哈，你现在充满力量，肚子里满是苹果派。"阿曼达说完看了一眼时钟，"我现在得睡觉了，但你可以在这段时间开始工作。你可以计划你的第一次广播了。"

"什么广播？"

"电台广播。"阿曼达回答，"阿尔弗雷德，我们要为被遗忘的孩子做一个电台广播节目！"

阿曼达的思路显然比我清晰，我什么都不懂，然而，我努力让自己看起来像是懂了。因为那个神奇的词又从阿曼达嘴里溜了出来，我像溺水的人一样紧紧抓住不放。我们，我们，阿曼达和我。阿曼达和我将开始一起做一些事情。它给了我的肺一个从空气中吸取氧气的理由,给了我的心脏一个保持血液流动的理由。这让我有理由相信我还活着,而且第二天我应该还活着。

"被遗忘儿童之声……或者也许只是儿童之声……不管怎样,这些听起来都不老套……"阿曼达嘟囔着转过身来,"阿尔弗雷德,你给这个广播节目起个名字吧。"

一档为像我这样被遗忘的孩子准备的广播节目。天哪,我要怎么办?我试图想出一些听起来不那么愚蠢的名字,但我什么也想不出来。

"那阿尔弗雷德的电台呢?"阿曼达建议道,"或者阿尔弗雷德电台?这不是一个好名字吗?"

"我不是电台。"我哼了一声,"它也可能是胡维图斯电台或者哈拉莫夫斯基电台,或者波波夫电台,或者某某电台。"

"波波夫电台。"阿曼达重复道,"好名字!"

所以,我们的广播节目现在有了名字,但我们都不知道如何使用无线电发射机。一切都得从零开始。第二天一整天,我们都在对这台设备进行研究和测试。阿曼达找到了字典,借助它翻译了波波夫写的操作说明。了解完设备的操作,我们就开始动手实践了。我坐在桌子旁,拧着无线电发射机的按钮,对着麦克风大喊。哈拉莫夫斯基跳上桌子,时不时地用嘴啄那台设备,好像我的叫喊还不够似的。阿曼达转动着旅行收音机,寻找电台的频率。起初,我的声音只能在刺刺啦啦的杂音中听到,但突然杂音没了,客厅里回响着我响亮的声音,我被吓了一跳。阿曼达则充满爱意地盯着旅行收音机。

"AM 1895 千赫。"她得意地说道。

"这是什么意思?"我边问边走到阿曼达身边。

"这是我们广播的频率。"阿曼达看向旅行收音机的频率显示,说道,"你发现了吗?真美啊!1895,就是在那一年,波波夫提出了他的伟大发明,这显然是在我们的这台设备诞生之前。"

一切都如此美妙。亚历山大·波波夫的无线电发射机,一个多世纪以来一直被遗忘在"世界边缘",现在已经完全可以投入使用了。它自从"出生",就一直在这里。那时还没有人用无线电广播,但这事大概只有奥尔加知道。

我们找到了正确的频率后就开始测试无线电信号能传输多远。

"哈喽,这里是阿尔弗雷德,能听到吗?"我喊道。

"听到,听到!"阿曼达回答道。

我们继续测试。你听得到吗?听到,听到!

阿曼达跟着哈拉莫夫斯基到了门厅,又到了走廊,最后出去了。能听到吗?听到,听到!但很快她就回到了屋里。无线电信号还没有传到门廊那边。收音机里开始还有微弱的爆裂声,最后什么

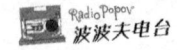

都听不到了。

阿曼达又开始研读波波夫的文件。她用手指在字间滑动,默默地重复着俄语单词。胡维图斯跃到图纸上想引起阿曼达的注意,阿曼达轻轻将它推到一边,继续读下去。胡维图斯生气地抬起头走到桌子的一端,然后躺在了上面。我把胳膊肘支在桌子上看着图纸,我已经能认出这台设备的各个部分了。突然,我之前没有注意到的东西引起了我的注意。

"阿曼达,为什么上面有一张你晾衣架的画?"我指着纸边上的画问道。

画上折痕处有一条细黑的线,上面有一个带细尖的锥形金属装置,大小与客厅角落里阿曼达在上面晾衣服的装置相似。阿曼达刚刚才把宽的那头倒过来,用衣夹把洗好的衣服夹在装置倾斜的金属绳子上。在这幅画中,装置上的长臂伸向天空。阿曼达弯下腰仔细看着那幅画。

"阿尔弗雷德,那是天线!"过了一会儿,阿曼达惊呼道,"想想看,我用来晾衣服的金属装置竟然是亚历山大·斯捷潘诺维奇·波波夫设计的无线电天线!所以波波夫把它也留给了奥尔加。"

"那晾衣服的棍是……"

"天线!"

"那绑着天线的那个呢?"

"那是一个天线杆。它可以使无线电信号在高空传输,而不会与障碍物相撞。我们需要找到比手更长的东西来把天线举得足够高。"阿曼达说道。她想了一会儿又继续道:"门廊上还有一个带着金属长臂的苹果采摘工具,也许这个装置可以固定在它的头上。"

"但是我们到底该把它放哪里呢?"我问。

"放哪里呢?"阿曼达看着我重复了一遍。

与此同时,哈拉莫夫斯基叫着飞上通向楼上的楼梯。阿曼达只有在夏天才使用楼上的房间,这样冬天她就不用给整个房子供暖了。因此,各种垃圾在楼梯上堆积着,我还上不去。

"哈拉莫夫斯基,你真是个天才!"阿曼达称赞道,然后转向我,"你可能已经注意到阁楼上有一个狭窄的塔。那里非常冰冷,风会从窗户吹进去,但你可以在那里广播!"

"怎么是我?"

"当然是你!我们会在塔里为你建一个演播室,把天线接到塔顶上!"阿曼达喊道,"难道你认为应该是我吗?一个声音沙哑的人会成为电台主持人吗?哈哈,这个任务更适合你。你的声音清晰又嘹亮。"

"嗯,咳咳,我真的不知道……"我说,并试图让自己的声音听起来沙哑,因为我根本不确定自己是否愿意坐在一个冰冷的高塔里,对着那些我甚至不认识的孩子说话。

阿曼达好像没注意到我的咳嗽声。

"另外,不管怎么说,你真的很适合这份工作。"她说,"你知道他们需要什么,被遗忘的阿尔弗雷德。"

7　准备工作

阿曼达晚上去分发报纸，转天下午她从睡梦中醒来后，我们一直在忙。塔楼已经多年没有打扫过了。我们把所有的杂物都搬了出来：破旧的床上用品和浆果灌木丛的保护网、旧滑雪板和滑雪靴、旧杂志、里面躺着死苍蝇的无盖玻璃瓶，还有旧的风景画，其中一些在画框里被撕了一半。我把这些东西进行了分类整理，阿曼达打扫了塔楼。阿曼达打开塔楼房间的窗户时，一团灰尘涌向天空，几乎把塔楼遮住了。最后，我们将分类好的东西放置在阁楼上，这样塔楼就有足够的空间做演播室了。院子里也有很多活儿要干：我把成熟的苹果从树上摘下来装进篮子里，然后用另一个篮子装掉在地上的苹果。我还得将苹果清洗、切片、煮泥和装罐。房间里从早到晚都散发着浓浓的苹果味，连梦里都弥漫着苹果香。

持续不断的忙乱和喧嚣有助于阻止折磨人的想法悄悄潜入我的脑海。尤其是当我独自一人的时候，我很容易胡思乱想，而且想的都是关于回家的事情：有一天爸爸会回来的，然后他会开始找我。也许他会跌跌撞撞地径直走到沙发卧进去,完全没有注意到这次不在家的是我而不是他。

爸爸有两种离开的方式。一种方式是,他即使人在家但状态不在家,他就静静地躺在沙发上,盯着空无一物的地方,或者在被子下面吃东西。在这样的日子里,即使屋顶塌了,爸爸也不会注意到。我走到沙发边上,对着爸爸的耳朵喊咖啡好了或者电话响了,他只是轻轻地点点头,用颤抖的手把被子拉到下巴边上。另一种是,爸爸真的要外出离开,这通常发生在没有任何预兆的情况下。突然间,爸爸开始在公寓里疯狂地乱撞,好像他脑子里响起了一个无法关闭的警报。他眼睛里闪烁着一种奇怪的光芒。他解释道,这是一项别人无法处理的重要任务,这会让他变得富有和强大。他一边把衣服扔进行李箱,一边疯狂地吼叫着,然后叫一辆出租车,什么也不说就从家里消失了。

阿曼达没有问我回家的事情,好像不回家没什么可奇怪的。我也不想回去。只要我做好苹果园的工作,建立一个电台进行广播,我就可以生活在"世界边缘",吃饱肚子。

最困难的工作是安装天线。我先把绳子扯到屋顶上,绳子一端系在一个从塔顶升起的把手上,然后我借助绳子滑了下来。"小心,小心。"阿曼达在地上反复提醒道。接下来,我们把苹果采摘器和波波夫电台即将使用的天线一起拖到了屋顶。我用胶带把天线固定在苹果采摘器的末端,然后沿着狭窄的梯子爬到塔顶。阿曼达将苹果采摘器竖起,我用绳子把它系在塔顶的把手上。

天线最终安装到位后，我们还得修复安装过程中造成的破坏——屋顶上的几块瓦片掉到了地上，把挂在树枝上的苹果都撞掉了；我们把苹果采摘器拖到塔楼的窗户前时，打落了一些苹果，还砸碎了一块玻璃。

阿曼达用锤子把屋顶上的瓦片敲打到合适的地方，又在破碎的窗玻璃上贴了一张硬纸板。与此同时，我把摔坏的苹果收集在一个桶里。

晚上，阿曼达把摔出凹痕的苹果剁碎放进烤盘里，再在上面撒上去皮的整颗杏仁和磨碎的姜，最后把面团揉好放进盘子里。烤箱里烤着苹果时，我写了一份给"被遗忘者"的操作说明，我们会在晚上把这些操作说明夹在报纸里送给那些被遗忘的孩子们。

广播时间定于星期六凌晨3点至4点。阿曼达说，叹息声在那个时候通常是最强烈的，表明被遗忘的人当时是醒着的。此外，他们的父母当时可能处于深度睡眠状态，如果他们碰巧还在家的话。阿曼达在阁楼里找到了另一台还能用的旅行收音机，它小巧极了，可以塞进信箱口里。我们会把阿曼达的旅行收音机送给自己无法找到收音机的孩子。其他人必须自己去找收音机，但阿曼达并不担心。她只是说你可以到时候看看，他们会想出办法的。

终于写完了说明书，我读给阿曼达听。

亲爱的收件人：

恭喜你！你被选为世界上为数不多的第一批收听波波夫电台广播的人之一。这个广播可以拓展思维，一定会令你惊叹。请按照下面的说明收听波波夫电台的广播。

电台接收器：在周五晚上之前找到一台可以手动调节频道的收音机。如果你在家里找不到，请到跳蚤市场问一问那里的人，或者问问邻居，甚至翻一翻你房子的地下室或者阁楼。找到收音机后，把它藏在枕头下面。如果你已经有了收音机和这个说明，你要做的就是把它们藏起来，然后等待节目开始。

频率：调整无线电频率到 AM 1895 千赫。

广播时间：确保周六的凌晨你是醒着的。广播将在夜里3点整开始。

准备工作：关上你房间的门，把收音机放在窗户附近，举起天线，及时打开收音机，准备收听节目。

安全注意事项：广播结束后，将收音机藏在一个没有人能找到的地方，直到下周同一时间再拿出来。记住，不要告诉任何人波波夫电台的事情，这很重要！

阿曼达弯下腰把烤苹果从烤箱里拿出来，说她没有什么要补充的了。

我开始复制这份说明，但后来我脑子里突然出现一些我们根本没有想过的事情。

"如果有人不识字怎么办？或者不认识时间？这样的话说明书就完全没用了。"

"你说得对。"阿曼达一边闻着热气腾腾的烤苹果一边说道，"嗯，完美！"

阿曼达把烤盘放在烤箱边，闭上眼睛，开始喃喃自语。她捏着自己的指尖，好像在盘算着什么。过了一会儿，她睁开眼睛说，如果相信她的耳朵的话，在被遗忘的人中有两个孩子可能还不认字，是一个小女孩和一个大一点儿的男孩。

阿曼达说："如果我的耳朵感知没错的话，这个小女孩有一个哥哥，所以她能得到帮助。但那个男孩，我们得再想一个办法。"

就在阿曼达说话的时候，我碰巧看了一眼摆在桌上的波波夫的图纸，一个想法在我脑中闪过。

"我们可以像波波夫那样，把说明画出来。"

"好主意！"阿曼达惊呼着把两个小碗和勺子端到桌子上，"我怎么没有立刻想到呢？"

阿曼达把烤苹果从烤盘拿到碗里，倒上香草酱。我一边吃饭一边画了一份图画版说明书。内容是，在广播开始前男孩可以睡多久，收音机应该在钟表指针处于什么位置的时候打开，播放广播时收音机应该怎么设置,以及用完之后应该怎么隐藏收音机。最后一步是最难的,也必须得说明,一切都得发生在房门紧闭的房间里面,不能让别人知道。

8　门后的叹息

我焦急等待了整整一个星期的夜晚终于来了。我的心情像等待要出锅的热粥那样。阿曼达说今晚我可以和她一起去送报纸,我开始收拾东西。桌上放着六份说明书,其中一份装订着我画的图画版。

"五份就够了。"阿曼达说。

"怎么是五份?"我很困惑,"上次你装了六双羊毛袜子,再之前你装了六个苹果,而且,你总是在走之前做六人份的三明治。有人不需要说明书吗?"

"准确地说,我去掉了两个,"阿曼达回答,"一个就是我跟你说过的那个小女孩。她不需要自己的说明书,因为她可以和哥哥一起听节目。如果我的耳朵是可靠的,她经常在她哥哥不睡觉的时候爬到他旁边。"

"那另一个呢?"

"你忘得真快,阿尔弗雷德。"阿曼达一边回答一边从纸袋里拿出一堆巧克力放到桌子上,"你也不需要说明书,因为它们是你自己创造的。我保证你可以在这里吃到苹果,不会饿到肚子疼。"

"哦,是的。"我平静地说道,为了做点儿什么,我数了数放在桌子上的巧克力,"所以,除了我,他们有六个人,其中两个是兄妹。"

"在我的分发区有六个。"阿曼达解释道,"至少到现在是这样。"

"怎么会是'到现在'?"

"情况可能会发生意想不到的变化。一直叹息的人,明天可能就不会再叹息了。一个从来没有叹息过的人,明天也可能叹息,到时候我的耳朵就会疼了。"

阿曼达撩开头发,快速地摸了摸耳朵。有那么一刻,阿曼达的耳朵好像动了动,似乎在点头。一想到在我的生活中有"活耳朵"——脑子上可以独立活动的个体,我还是有些震惊。于是,我把目光移开,决定专心收拾东西。

我们出发时,夜色明朗,星星在草地上空闪烁,棚屋路上的屋顶在月光下闪闪发光。阿曼达去取报点将报纸装进她的手推车。她说她总会多取几份报纸,万一什么时候出现一个新的目标,就可以随时把苹果放在报纸中间滑进信箱口。我在不远处的长途汽车站等了一会儿,以免引起其他送报员的注意。阿曼达回来后,我们在车站后面灌木丛的掩护下把六块巧克力、五份波波夫电台说明书和两台旅行收音机包在报纸里,然后出发了。我们把报纸扔向信箱口时,信箱口会被撞开。这些报纸没有折叠,没有夹东西,很正常。

走了一会儿,第一个目的地出现在我们面前。阿曼达放慢脚步。我们走到门口时,她把耳朵贴在门上听。我还记得当时自己站在门厅那儿,把耳朵贴在门上,不知道门的另一边是谁的感觉。现在也有人站在门后吗?他是谁?

阿曼达打了个寒战,我发现她头发下面有东西在动。阿曼达的耳朵开始慢慢地从头发里面伸出来,耳垂在变大。它们无声地抖动着,仿佛在感受空气。过了一会儿,它们停下来,突然又开始抖动,就像我在阿曼达的地窖看到的那样。那景象太奇怪了,我呆住了。而阿曼达开始忙碌起来。她从包里拿出一卷给被遗忘孩子的报纸,把它塞进信箱口。一声轻柔的落地声后,不一会儿,传来了脚步声。一直在等这份报纸的人把它拿走了。

我们正准备继续我们的行程时,阿曼达注意到门旁边楼梯间的地板上有什么东西。她弯下腰把它捡起来,是一个绿色的小苹果。

"哦,当然。"阿曼达叹了口气,把苹果塞进了口袋,"这个男孩不喜欢青苹果。在我来之前,他总是把它们放到门外。"

"那你为什么要强迫他收下?"

"我强迫……强迫了吗?我……"阿曼达不停地问自己,然后皱

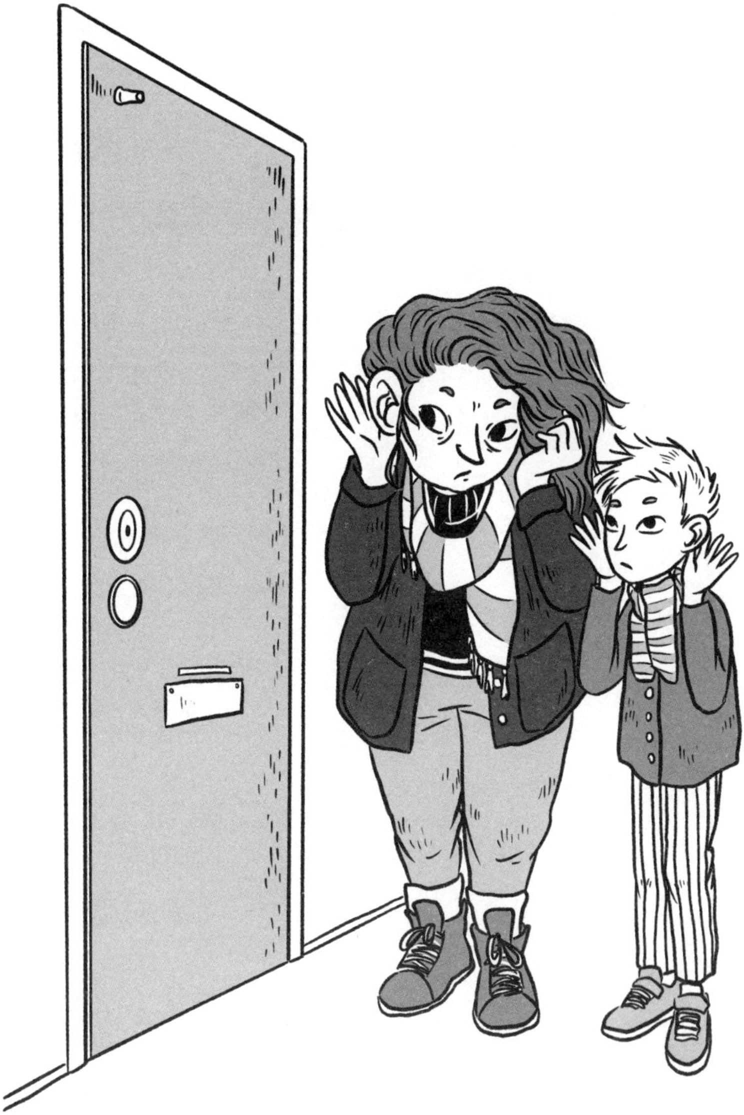

着眉头走下楼梯,"我想着他可能会习惯这种味道。我小时候也不喜欢喝粥,但现在我几乎天天喝。"

我们回到街上后,阿曼达抓住手推车的把手,开始推着车沿一条安静的街道往前走。我在想那个不喜欢青苹果的男孩,他知道如果他把没吃的苹果留在楼梯间里,晚上会有人拿走。刚开始我觉得很有趣,但后来我觉得有些奇怪,于是追上了阿曼达。

"关于他,你还知道些什么?"

"不多。"阿曼达回答,"他只有五岁左右。"

"所以是他拿到了我画的那些说明书。"

"是的。还有一台旅行收音机。"

"他叫什么名字?"

"信箱上写着贝托宁,这应该是他的姓。"阿曼达说,"我不知道他的名字。从叹息中可以判断出很多信息,但不能判断出名字。"

"比如可以判断出什么?"

阿曼达说:"有时能从这个男孩的叹息中听出,他没有吃东西,或者他一整天都没能出来;可以听出他坐在电视机前的时间太长了,就像许多其他被遗忘的孩子一样。"

"是的,至少他们的家里有电。"

"当然。"阿曼达微笑着对我说,"这个男孩属于中度严重的一类,就像你一样。他几乎被遗忘,丧失了部分行动能力。"

"那么我又是,或者曾经是……"

"完全被遗忘,但行动能力还不错。"阿曼达在走到拐弯处转向穿过公园的路时补充道,"这个男孩不像你那么孤独,但他学着照顾自己的机会很少。没人教过他如何给面包抹黄油或如何系鞋带,没有人有精力带他出去、鼓励他爬树或攀岩,没有人晚上有时间抱着他,也没有人会在一部不适合孩子们看的电影开始时关掉电视。"

哇,我从来没有看过禁止18岁以下少年儿童观看的电影,尽管在断电之前我有一个很好的机会可以看。当你一个人住的时候,夜晚本来就够恐怖的了,你首先想到的是看恐怖电影。

"男孩的父母有很多担忧,像黑暗山脉的阴影笼罩着男孩。就像大多数被遗忘的人一样,他属于中度严重的类型。"阿曼达继续说道,"幸运的是,严重的类型很少出现。"

"轻度的呢?我想他们中间也有轻度的吧?"

"当然,但是很难找到他们。偶尔发出微弱叹息的原因并不容易弄清楚。但如果叹息加剧,变得很频繁,他们就会成为收听夜间广播的一员了。"

我哼了一声:"天知道,在我收到第一个包裹之前,我孤独了多久。"

"忘恩负义是……"阿曼达小声嘀咕着,但接着又用一种理性

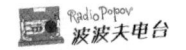

的嗓音大声说,"这可能是由很多因素造成的,比如结构性因素。"

"哦,那是什么?"

"有时候房子的墙太厚了,或者孩子们的房间离门太远了。"阿曼达解释说,"我的耳朵以前就注意到你了,但直到你在门厅睡觉的那天晚上,我才确定你'叹息的质量'。"

"叹息的质量",听起来有些愚蠢!就像现在这样,竟然可以给叹息分类,仿佛有好的叹息和坏的叹息、对的叹息与错的叹息、真实的叹息和虚假的叹息。也许是这样,这些叹息有差异,至少阿曼达的耳朵是这样判断的,而且它们根本不关心我的假叹息。

阿曼达继续说道:"当时我碰巧多带了一份食物和一双袜子,所以我决定试试。剩下的你都知道了。"

是的,剩下的我都知道。我把手插进口袋,陷入了沉思。我想知道,如果那天我决定早点儿睡觉,我现在的生活会是什么样子。会不会有什么改变?或者我只是会满意地等着晚上的三明治和苹果,而不去想它们是从哪里来的?我会把带有凹痕的苹果放回走廊,而不去想谁来拿走它们吗?孩子们是否必须以正确的方式、在正确的地方、正确的情形下发出正确的叹息,才能被注意到?当我们沿着安静的街道向前走的时候,我在心里思索着。夜风吹进我的睡衣,但我们轻快的步伐使我感到温暖。

我们把报纸搬到与我以前的家相似的公寓楼里,五层或者六层楼,发黄的或灰的石墙,沥青院子,院子里有玩具、自行车、脚踏板和几棵枯萎的小树。

过了一会儿,我们站在了下一个目的地的门口。信箱上写着卡拉姆。阿曼达的耳朵又像上次一样突出来了。它们感受到了门前的空气,开始抖动。阿曼达抓起一份报纸,里面除了说明书外,还有两块巧克力。

"这是我跟你说过的那对兄妹。"报纸啪的一声掉在地上,阿曼达小声说,"男孩九岁,妹妹两岁。他们和妈妈住在一起,但妈妈经常不在家。她的工作好像很辛苦。她早上在一个地方打扫,晚上在另一个地方打扫,甚至还想一边学习一边工作。男孩在早上上学前送妹妹去幼儿园,放学后他接完妹妹回家还要做饭。晚上,男孩帮妹妹洗漱,然后在妈妈回家前睡觉。没有人可以帮助他们,他们没有亲戚和朋友。"

我心想,根据阿曼达说的,这个男孩已经保留了他的行动能力,但我没有说出来。

我们继续我们的行程,开始接近我以前的家。我们离得越近,我的脚步就越沉重。很快,我们就到了萨维路4号。

阿曼达看起来想说些什么,但她闭着嘴。我的恐惧再次苏醒。如果阿曼达把我留在这里怎么办?当阿曼达打开楼下的门时,我愣住了。

"你不进来吗?"她问。

我摇了摇头,退回到了手推车边上。

"好吧,你就在这里等一下。"阿曼达说着消失在楼梯间里。

我抬起头,看到了我楼上房间漆黑的窗户。出乎意料的是,它显得安静而奇特,仿佛所有的空气和生命都被吸走了。我有种很奇怪的感觉,想尽快离开。我转身要走,却被手推车绊倒,手撞在柏油路上。我痛得尖叫起来。我担心自己的声音会吵醒别人,于是爬到手推车后面躲了起来。

"这到底是怎么回事?"阿曼达的声音在手推车后面响起。

"没什么。"我握着刺痛的手掌回答。

"好吧。"阿曼达说着,递给我一块手帕,"把你的手包扎一下。我们还得继续前进。"

我发现我的手在流血。我用手帕按着伤口,站了起来。我一直躲在阿曼达的影子下,因为我害怕有人会注意到我,但事实上,这条街上一个人也没有。可能是为了缓和情绪,阿曼达开始哼唱起来。很快,我们来到另一条街道上,沿街有一些独立式的房屋。我可以把报纸塞进信箱里。普通的报纸,普通的房子,没有被遗忘的孩子,没有抖动的耳朵,直到我们来到一所棕色的房子门口。

阿曼达抓住我的胳膊,叫我停下来。她从我手里拿走那份普通的报纸,换成了给被遗忘者的那种,然后向我鼓励地朝房子的方向点了点头。我深吸一口气,穿过院子。荒草杂生的草坪中,奇怪的鞋子、空饮料罐和塑料袋的碎片从里面探出头来。信箱贴在房子前门旁边的墙上。桑塔宁,我在信箱上看到这个姓,然后把报纸丢了进去。门旁边是一扇半拉着窗帘的窗户。我站了一会儿,然后决定往里面看看。街灯的光从窗户照进屋里,呈一条苍白的线条,照亮了杂乱的门厅。门厅的地上堆满了空瓶子,有的装在塑料袋里,有的散落在地板上。我转身拖着疲惫的身躯回到门口。

"她是一个八岁的女孩。"阿曼达低声说,"她每天和父母以及形形色色酗酒的客人住在一起。他们非常疯狂,每天像灯笼那样直到快熄灭了才跟跄着回家睡觉。"

"这就是为什么走廊上有那么多空瓶子。"我说。

"是的。"阿曼达边推手推车边说,"幸运的是,这个女孩很有创造力。她明天可能会带着这些瓶子去商店,然后用它们换钱给自己买些东西,可能是一本漫画杂志或一本书。她很喜欢读书。"

我的肩膀像沙袋一样耷拉下来。我深深地叹了口气,睡在灌木丛篱笆上的麻雀都被惊醒了,旋转着飞起来。阿曼达揉了揉耳朵,什么也没说,向前走了几步。沉默使我的双脚扎向地面,我的鞋子像灌了铅一样沉重,但我还是拖着沉重的步子追在阿曼达后面。

"什么类别?"我终于开口打破沉默。

"平均水平。完全被遗忘了,但行动能力还不错。"

"和我一样。"我说着稍微振作了一点儿,"我多希望我能做点儿什么,而不是只在这里闲逛。"

"但是,阿尔弗雷德,你一直都在做。"阿曼达说,"你现在正在为被遗忘的孩子准备那个夜晚,到时候你就必须自己采取真正的行动了。"

我吞了吞口水。真正的行动,确实!我得和像我这样的夜猫子通过无线电交流。我答应过的。

还剩下两个目标。

"两者都属于严重的一类。"阿曼达警告说,同时更紧地抓着手推车,"包括失去自由和安全受到严重威胁的儿童。"

其中一个是七岁的男孩,家在一栋公寓楼的底层。根据信箱上的字,他的姓氏是姆尔斯屈或曼尼斯托。阿曼达说,根据叹息声可以了解到,男孩想尽办法避开他妈妈的新丈夫。这个男人总是对每一个人、每一件事生气,几乎会对任何人或任何事发泄他的愤怒。可悲的是,男孩是他经常发泄的对象。有天晚上,阿曼达注意到她的耳朵在男孩家附近竟然没有任何反应。但当她走过附近的小树林时,它们开始抖动。这个男孩有时在外面过夜,似乎是为了得到些许安宁。

"我们必须小心。"阿曼达在屋前低声说,"如果有人发现了波波夫电台的说明书,那孩子可能会有麻烦。"

阿曼达从包里拿出一份报纸,但这次她没有走门,而是绕过房子的一角来到男孩房间的窗户下面。窗户底部有一条大裂缝。阿曼达的耳朵立刻开始不安地抖动起来。阿曼达将报纸从裂缝推向屋里,然后轻轻敲了敲窗户。屋里传来一阵平静的走动声,很快报纸就从窗台上消失了。

我们的最后一个目的地远离一切,在一条两旁种满大片落叶树的沙子路尽头。在树林和黑色铁栅栏后面,矗立着一座白色的大砖房。它和这个地区的其他房子不一样,更大,也更漂亮。篱笆上有一扇高高的门,用结实的锁锁着。锁旁边有一个信箱,上面写着装饰性的金色字母——里图沃利。

阿曼达走过去把报纸扔进信箱口,制造出很大的动静。屋里传来狗吠声。阿曼达满意地点了点头,回到手推车边。

"一个十一岁的女孩。"阿曼达说,"这个女孩小时候得过很重的病。现在她的父母看她看得很紧,因为他们担心如果她与其他人接触,她会再次生病。他们不相信任何人,认为其他人会对他们的孩子构成威胁。女孩房间的门从外面锁上了,除非得到父母的允许,否则她不能离开那里。这个女孩有一个私人教师,这样她就不必离开家了。她从未见过其他孩子,也从未拜访过任何人。"

"但如果她连自己的房间都出不去,她怎么能收到报纸呢?"我站在路灯下问道。

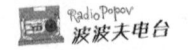

"离开光亮处。"阿曼达压低声音说,并把我拉到一边,"那份报纸是给她父母看的。我是想弄出点儿动静,这样他们就能及时听到声音过来了,从而不会产生怀疑。"

阿曼达从包里拿了一份报纸和一台旅行收音机,还有说明书和一块巧克力,向铁栅栏旁边茂密的灌木丛走去。房子被庭院的灯光包围着,闪烁着苍凉的白色。我突然觉得它的光会把我冻住,于是惊恐地冲到阿曼达身后。当我走到灌木丛的另一边时,我发现阿曼达正盯着铁栅栏。篱笆旁边长着一棵茂密的菩提树,树枝一直延伸到楼上的窗户。

"这次你得爬上去。"阿曼达小声说,朝窗户点了点头,"你比我敏捷多了。"

阿曼达从口袋里拿出一根绳子。她把报纸包装得像礼盒一样系在绳子的一端,另一端缠在我的腰上,然后把报纸塞进我的外套口袋。

"我会帮你翻过栅栏。"阿曼达平静地说,"然后,你爬上那棵树,找一根沿着窗户的树枝,把报纸从窗户缝里推进去。如果那儿有旧报纸,把它拿回来。最好把痕迹清理干净,这样就不会有人怀疑什么了。"

"那我们为什么不能不用报纸,只把其他东西留在那儿呢?"

"报纸不会引起别人的注意。没人会怀疑送报员。但如果我晚上带着三明治或羊毛袜子闲逛，很快就会有人开始问我的意图。"阿曼达回答，"而且,她有可能会偷偷看报纸内容,学到新东西。"

"如果窗户关着怎么办？"

"窗户外面有栅栏,但没有钉牢。女孩通常会在睡觉前打开窗户。"阿曼达解释道。

一切都变得越来越疯狂。我心想,我并不是真的想要扮演超级英雄,但后来想到那个女孩,她也许失眠了,独自一人坐在床上,对铁栅栏外的世界一无所知。于是我爬上篱笆,然后跳上树枝。我屏住呼吸,抓着树枝向前移动,但突然手没抓牢,报纸从我的口袋里掉了出来,在绳子上晃来晃去。我把报纸拉上来,塞回口袋,继续我的任务。树枝变得越来越细,都被我压弯了,但最终我还是到达了窗边。

窗户是开着的,中间有一张旧报纸。我把它换成了我带来的报纸。旧报纸里面什么也没有。我摇了摇耳朵,想知道如果它们能抖动,会是什么感觉。我皱了皱眉头,扭了扭脸,想让耳朵动起来,但我的头两侧并没有什么特别的感觉。我的耳朵一动不动,它们只是普通的耳朵。

回家的路程既沉重又轻松。沉重是因为我想到了和我命运相同的伙伴们在黑暗的夜晚叹息,而轻松是因为我想到我不再需要担心在黑暗的公寓里独自挨饿，我还试过帮助其他被遗忘的孩子。

在"世界边缘"，胡维图斯跳到阿曼达的床上，舔了舔它黏糊糊的爪子。爪子上有果酱。哈拉莫夫斯基把头埋在羽毛间，在巢里哼了一声。"你看，这里真的很平静。"阿曼达说着，把猫舔空的果酱罐从被子上拿到桌子上。还没等阿曼达把它赶开，胡维图斯就跳到了地板上，溜到了床底下。阿曼达点燃了桌上和窗户旁的蜡烛，开始在昏暗的厨房中干活儿。我正要爬上阁楼睡觉，阿曼达把烤面包、苹果酱和鲜奶油端到桌上。我惊奇地看着桌子。

"可时间已经……"我开始说。

"已经怎么了？"阿曼达兴高采烈地问道，"我们吃点儿好吃的还不行吗？这个夜晚对你来说不容易，但你做得很好，被遗忘的阿尔弗雷德。"

阿曼达的话很温暖。我突然意识到，当有人用这种方式说出我的名字时，那种感觉是多么舒服。阿曼达抚摸着我的头发，说她对我的评价是对的。她认为我是个有行动能力的孩子。阿曼达说的话不再让我感觉到有任何命令的意味，而是鼓舞人心的赞扬。暖风吹过我的身体，我的肌肉放松下来。不管我在晚上经历了什么，我感到很高兴。如果我——世界上最孤独的孩子——那晚很开心，也许另一个被遗忘的孩子也会有同样的感觉，至少我能让他们注意到有人听到了他们的声音。是的，他们的声音在漆黑的夜晚被听到了。当我终于在黎明时分上床睡觉时,我的脑海里只有一件事——波波夫电台。

9　波波夫电台首播

亲爱的听众们,欢迎收听波波夫电台的首播!我是本节目的主持人,阿尔弗雷德。

而你们——无论你们是谁,都将有机会从现在开始,在每个周六的这个时候收听这个有丰富知识的广播,所以每个星期六让我们在这里通过无线电波相聚吧!在漆黑的夜晚,声音就像灰色的小蝴蝶一样向着光亮飞舞,所以大家都竖起耳朵,现在开始!

今天我将向你们介绍亚·斯·波波夫,我们电台应该感谢的这个人。不仅因为他的名字,还因为他的设备。信不信由你,我现在对着说话的这个东西的设计者就是,嗒嗒,波波夫先生!1859 年,亚历山大·斯捷潘诺维奇·波波夫出生于俄罗斯。想象一下,那是 160 多年前!那时候还没有手机、电视、电脑、游戏机,甚至连收音机都没有,没有电灯或室内厕所。你可能不会想念那样的时代。对,我也不想念。虽然现在这个年代也不总是快乐的,但如果说一直挨饿、没有电、没有电视和游戏机,那就更没有乐趣了。

波波夫很小的时候就对各种技术性的小玩意儿感兴趣。他花时间在商店里观察机器和制造水力设备。有时他偷偷溜进工厂，看工厂的机器砰的一声把机器零件或什么东西从它们的内部制造出来。多年后，波波夫在圣彼得堡学习物理，然后在大学和俄罗斯海军中担任教师。波波夫开发了各种各样的小工具，但在1895年5月7日，一件让他到现在仍然被人们记得的事情发生了。在一次会议上，波波夫介绍了一种设备，当闪电击中附近时，这个设备就会有反应。这就是后来有人发明的某种无线电的前身。之后，苏联将5月7日定为无线电的发明日。

几年后发生的一件事，让你们听到了这段广播。我要感谢那件事情，让我得以坐在冰冷的高塔里戴着帽子跟这个设备说话。1899年11月，一艘刚完工的俄罗斯装甲船在芬兰湾搁浅，波波夫收到求救信号。1月，波波夫终于在两个岛屿之间建立了无线电连接，用于救援行动。这是世界上第一个无线电设备！耶！波波夫！耶！救援电台自此开始工作。虽然最后可能被关闭了，但对波波夫救援电台来说，这远没有我接下来要说的重要。

2月初，一艘协助拆解装甲船的破冰船收到来自波波夫救援电台的消息，消息称一些渔民在浮冰上遇到了麻烦。那些渔民因此得救了。有人说有25名渔民，有人说有50名，如果问别人，答案可能是一百，或者两百。当激动人心的事情发生时就会这样，数字成

73

倍增加，故事不断膨胀。也就是说，我接下来要说的可能是真的，尽管历史书和维基百科上都没有提到。这件事只在本广播中报道。当船被救起时，波波夫的怀表掉在冰上摔坏了。波波夫把它捡了起来，并把它带到了一家钟表店修理，那里的钟表匠名叫奥尔加。然后，嗒嗒，奥尔加修好了波波夫的怀表，他们成了朋友。波波夫拜访了奥尔加，在那里留下了一个他自己制作的无线电发射机。在这个无线电发射机闯入我的怀抱之前，它在奥尔加房子的阁楼里已经待了一个多世纪。诚然，这里不再是奥尔加的家，而是一个晚上……好吧，现在有一只乌鸦在盯着我，我不能透露更多了。

但现在你们知道无线电发明者波波夫和钟表匠奥尔加是谁了吧？没有他们，就没有这个广播节目；没有他们，我今晚就无法对你们讲话。这个夜晚，在那扇窗后的树上流动，像一块厚而坚韧的蓝莓果冻。我说，你听，但也可以反过来，你说，我听。有时候似乎没有人在听你说话，但要记住，这个世界上总有一个人能听到你的声音。他会在你闭上眼睛入睡时想起你。波波夫电台现在祝所有听众晚安，并提醒你们，下一次广播将在一周后播出，所以下次再说吧！这里是波波夫电台！

10 重返校园

波波夫电台的第一次广播在我的脑海中引起了巨大的风暴。我从没想过有一天我可以有我自己的广播节目。我曾试图假装自己是隐形的,但是现在我的声音听起来仿佛我一直都在做这件事。阿曼达说她认为这个工作对我来说很合适,就像鼻子长在脸上一样自然。她还说,孤独的孩子会在脑海中安静地说话,这是一种给自己讲故事的方式。也许这是真的。也许我在心里对自己说了太多的事情,现在那些故事意识到它们的机会来了,我一开口,它们就争先恐后地跑了出来。我的脑子里突然满是计划,我睡不着觉。新的想法像嗡嗡作响的小昆虫一样在我周围盘旋,我必须把它们抓牢,让它们从耳朵爬进大脑。

阿曼达早上回家时,我还没睡。我偷偷溜到阁楼的栏杆那儿,低头看了看房间。阿曼达看起来心情很好,尽管在路上被意料之外的雨淋湿了。她在趴在床上的胡维图斯旁边坐下,脱下袜子,把袜子在花盆上方拧干。然后她开始哼着歌,摆弄胡维图斯,甚至没有试图把它赶走。很快,哼哼声变成了一首歌。每当阿曼达认为没有人听到的时候,她就会唱这首歌。

世界很开放,
就像裂开的苹果。
在许多方面,
可以把它看成真的。
今天很凉,
明天很美。
太阳升起,
像一个黄色的萝卜。

有的人依靠报纸,
了解说了什么,做了什么。
有的依靠自己的耳朵,
空气在敏感的号角下嘶嘶作响。

我发现偷听阿曼达唱歌很有趣,但这次我没有等到她唱完。我小声的话语被阿曼达听见了。

"我想知道大家觉得广播怎么样。"

阿曼达中断了歌唱，抬头看了看阁楼。"哦，你还醒着。"她说，"从那些叹息的情况推断，广播进行得很顺利。或者不能说很顺利，不是很顺利……"

"怎么不顺利呢？"

"不是很顺利，是非常顺利！"阿曼达说道。

阿曼达在波波夫电台广播时，去了被遗忘的孩子们的门窗后面。她听一会儿，就急忙赶往下一个目的地。她奇迹般地在广播结束前将五个地方都走遍了。每个人那儿都能听到收音机里传来的平静的声音，是我的声音。所以，他们想办法弄到了收音机，并且找到了正确的频率。阿曼达注意到孩子们的叹息有了细微的变化。她感知到了那些被遗忘的孩子的叹息，但现在叹息里又有了新的东西。

"一个是期待，另一个是兴奋，"阿曼达说，"还有第三个，是希望，如果我的耳朵没听错的话。"

周日晚上，阿曼达爬进阁楼，在那里待了很长时间。与此同时，我在客厅里看着旧报纸，思绪飘荡在一个似乎永远不会平息的动荡世界。屋顶偶尔会有一些砰砰的声响，就好像有人把沙袋扔到楼上的地板上。最后，阿曼达怀里抱着一包东西走下楼来。当阿曼达把那包东西扔到桌上时，我注意到那是一堆衣服。阿曼达开始把衣服分类：一类是衬衫，另一类是裤子，内衣和袜子又是一类。

"你拿这些干什么?"我问。

"你需要衣服。"阿曼达说。

"怎么会?我穿的有什么不对?"我抓起自己衣服的下摆问。

"你这是睡衣。"阿曼达一边回答,一边提起一件袖口破了的旧毛衣,"你不能穿着睡衣去上学。"

去学校?现实在我眼前闪过。这是秋季假期的最后一天,转天我又得去上学了。日常生活就这样开始了。但是然后呢?我放了学去哪里?我在哪里吃东西?我还会再有东西吃吗?一声深深的叹息把我自己吓了一跳。阿曼达迅速拍打着耳垂,怒视着我。

"对不起,我忘了。"我轻声说着,又叹了口气。

只要我和阿曼达住在一起,只要我还会发出叹息,她的耳朵就会不断受到考验。如果她厌倦了耳朵的抖动,她可能会把我赶走。我应该摆脱叹息,但怎么做呢?我能改变自己,改变多年来的习惯吗?在别人的声音中回响着的我的名字,还会回来吗?当我觉得根本无法摆脱那种由来已久的叹息时,我突然被这种想做一些重要事情的巨大愿望压倒了。

"可我不用去上学啊!"我叫道,"我们可以说,我病了,或者死了,或者消失了!我可以每天煮苹果,如果我不用上学的话。"

"苹果总会用完的。"阿曼达说。

"那这栋房子呢?"我说,"这里所有的地方都需要修缮。我可以修……"

"阿尔弗雷德!"阿曼达吼道,她把毛衣扔在桌子上,"别那样说我的房子。你是孩子,孩子必须上学。即使你现在和我住在一起,也不要忘记这一点。"

"好吧,但是没有人会在意睡衣……"

"这条裤子的主人一定是个小个子男人。"阿曼达说着,看了看手里拿着的裤子,"也许把这里缩小一点儿、那里改窄一点儿就可以了。不过,毛衣不需要任何处理,洗完已经缩水,尺寸刚刚好。"

做完针线活儿后,阿曼达让我穿上衣服。她看着我,最后满意地说,我穿上新衣服看起来很有个人风格。

如果"有个人风格"和"怪胎"一样,阿曼达就是对的。我照镜子时,看到我面前是小书商和潜伏在树林里的游击队的组合。我的衣服尖叫着:"我们来自过去!我们是博物馆的展品!古老的破衣服!陈列柜里的衣服!"好尴尬!我穿着膝盖上有破洞的棕色西裤,还有被穿薄的修身毛衣。毛衣里面是一件曾经是

白色的汗衫，但现在它几乎是令人作呕的色彩——既不是黄色也不是棕色，而是介于两者之间的某种颜色。我用一个旧的绿色野营背包来装学习用品。只有外套和鞋子是我自己的。

星期一早上，我穿着从阁楼上找到的石器时代的衣服站在门廊，盯着阿曼达为我画的去学校的路线。除了晚上的报纸之旅，整个星期我都没有离开过"世界边缘"，我也不知道我们的确切位置是在城市的哪个地方。我上学时鼻子都快贴在路线图上了。我不想直视迎面走来的人的眼睛，因为我害怕有人会通过我这极具个人风格的衣服认出我来。

学校的一切看起来都和以前一样：一座巨大的红砖建筑，学生们坐在石栅栏上，卷发校长大步走过院子，还有那两棵将自己伸向阳光里的瘦桦树和一张深棕色的木凳。课间休息时，我经常坐在木凳上，猜想我面前走过的孩子们的家里是什么样子，他们早餐吃了什么，他们每周有多少零花钱，他们晚上是否可以看电视，他们是否有自己的视频账号，是否有人给他们读晚间童话故事，他们是否每个月在家度过一次"今天孩子可以决定一切"的日子。

铃声一响，我是第一批冲进教室的。在教学楼的台阶上，我踩到了一个二年级的女孩的脚趾。那个女孩在楼梯上打瞌睡，没有听见铃响。

"嘿，看看你踩到什么地方了！"女孩吼道。

"张开你的耳朵吧,上课铃已经在响了。"我说道,"看看你在哪儿睡的!"

那女孩好奇地看着我。

"你刚才说什么?"她问,"你是谁?"

"我是阿尔弗雷德,一名三年级学生。我只是说,看一下你睡觉的地方。"我回答完继续向前走。

我走过那个女孩身边时,我感觉到她的目光落在我身上。我确信那是因为我古怪的衣服。我希望自己能隐形。我跑进教室,迅速溜到课桌后面,这样我就不用在走廊上遇到任何人了。过了一会儿,老师走进教室。他快步走到讲桌后面,把他的黑皮包扔在讲桌上,揉了揉胡子。

"早上好!我希望每个人都度过了一个愉快的假期。"他说着,目光从一个学生转向另一个学生,最终落到了我身上,"阿尔弗雷德,你为什么还穿着外套?"

"我冷。"我回答的时候咳嗽了一声,"我可能要感冒了。"

老师没有接受我的解释,而是叫我把外套脱下来。我把外套搭在椅背上,弯下腰,这样就不会有人注意到我那"惊世骇俗"的古玩模样的衣服了。老师让我们把数学书拿出来。我从背包里拿出阿曼达给我的笔和橡皮,把它们放在课桌上。

"阿尔弗雷德,你的书在哪里?"老师问。

"淹死了。"我回答。

"淹死了。"老师重复道,并向全班同学说,"也许你们应该教它游泳。"

全班同学哄堂大笑。这时我想起了一些事情。

我是有行动能力的孩子。我走了过去,挺直了腰。

"它真的淹死了。"我毫不心虚地撒谎道,"我的背包在我把它放到桥栏杆上的时候掉进了河里。我当时要拍一张鸭子在河里游泳的照片,但后来它们飞起来的时候撞到了我的背包。我所有的课本都在里面。"

老师好奇地看着我,但什么也没说。他去给我拿了一份数学书的复印件,说我得有一本新书,因为以前的书都变成鱼的食物了。剩下的课都进行得很顺利。数学题很简单,我是第一个完成的。这节课结束时,老师把数学试卷还给了我们,让我们去找监护人签名。他在课桌中间走来走去,把试卷放在每个人的课桌上。最后,他停在我旁边,手里还拿着一份试卷。

"我想提醒你们,伪造别人的签名是一种犯罪。"老师说着把试卷放在我的课桌上。

我喉咙有些发紧。我知道老师的话是针对谁的。从我记事起我就在试卷上伪造我爸爸的签名。只有当爸爸碰巧在家并且听到我的请求时,我才能成功地从他那里得到签名。当我爸爸看到那天的考试成绩时,他会满意地嘟囔着把我的试卷拍下来,并发在社交软件上。照片下面他会写 # 考试 10,# 优秀男孩,或者 # 苹果不会从远处的树上掉下来。在那之后,爸爸的社交软件上的关注者可能会为照片点赞,并且认为有这样的成绩是因为我有爸爸这样的榜样和他耐心的教育。

我抓住了试卷,但老师没有放手。他的手指在试卷上捏了很久,我抬头看着他。

"我希望从现在开始,没有人在试卷上伪造签名。"他大声说道,然后直视着我的眼睛,轻声补充道,"尤其是随意伪造的。"

然后老师放下抓着的试卷,离开了教室。试卷的右上角写着我的成绩:10+。

11　爸爸回家

一天早上，我在阁楼醒来，浑身是汗。我晚上做了噩梦。在梦里，我坐在一座冰冷的塔上，周围铺着厚厚的羊毛毯，怀里抱着一本关于昆虫的巨型书。我刚在电台介绍了住在老房子墙壁上的昆虫，无线电发射机就开始发出低沉的隆隆声。声音逐渐变大，最后大到我不得不用手捂住耳朵。突然，发射机动了起来。木墙出现了裂缝，电线断裂成碎片。一种冒着泡的黑色东西开始从木头裂缝里钻出来。我凑近一看，发现桌子上有一大群黑色的小虫子。我还没来得及做任何事情，无线电发射机就裂了，爸爸突然出现在里面，起初只露出了他的头。爸爸的眼睛瞪得像只猫，嘴角勾起奇怪的笑容。我试着站起来，但此时毯子开始移动，紧紧地包裹着我，让我无法动弹。小虫子沿着毯子爬行，爬过我的上身，一直到我的脖子。爸爸开始从发射机里像乘着电梯一样平稳地上升，他边笑边挥舞着我的试卷。试卷上面写着我的分数——5分，然后他停止了笑，开始抽泣。我想说不要哭了，试卷错了，但我说不出来，因为虫子直接涌进了我的嘴里。我想把它们吐出来,但它们一波又一波,越来越多。最后,我闭上眼睛,蜷曲成一团,开始向一边倾斜。我无法控制自己,从椅子上旋转着进入黑暗中。

我听到后背砰的一声响,睁开眼睛的时候,我发现自己在地板上躺着。吊床在我头顶摇晃着。我原来是在阁楼里,不在塔里。一切都只是一个梦。随后,我听到身边有脚步声。

我被噩梦吓到了。这场噩梦还会继续吗?我抬起头,意识到了是怎么回事。哈拉莫夫斯基站在我的肚子上,歪着头看我。

"你永远猜不到我做了一个什么梦。"我坐起身,如释重负地小声说道,"你做过梦吗?"

哈拉莫夫斯基还没来得及回应,梯子那儿就传来了嘎吱嘎吱

的响声。阿曼达站在梯子上朝阁楼看了一眼。"我正要去上班,突然听到碰撞声。"她说,"我猜你做了噩梦。一切都还好吗?"

阿曼达要去分发报纸,所以现在已经是下半夜了。我连忙起身,抓起掉在地上的衣服往身上穿。

"我这就来。"我脖子上挂着那件古董毛衣,跌跌撞撞地爬下梯子。我不想一个人待着,尤其不想再睡着。

"别想做的噩梦了,下来吧。"阿曼达说着就下去了,"学校明天十点才上学,所以我们回来后你还有时间睡觉。"

我迅速穿上衣服跑了出去。阿曼达推着手推车在云杉篱笆旁等我。街道很安静,只是偶尔有汽车飞驰而过。过了一会儿,我们来到了萨维路4号。我留在外面是因为我还是不想踏进我以前的家。当阿曼达沿着街道走到A单元的楼梯时,一辆出租车开了过来。它放慢了速度,停在了房子门前。出租车司机跳下车,转到车后面,从后备厢里拿起一个大行李箱放在人行道上。从车门那儿最先出现的是乘客的右腿,然后是左腿和头部,最后是躯干。一个高个子男人走下车,抓住了他的行李箱。出租车隆隆地开走了。我和那个

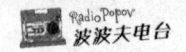

男人单独留在了夜晚的街道上。那个人直起腰来,我才认出他是谁。

我迅速跳进手推车,把卷发压在车底部。手推车摇晃着,其中一个轮子从人行道的边缘掉到了车道上。车子一开始摇摇晃晃,最后竟然上了大路,沿路滚动。我紧紧地贴着车壁,惊恐万分。我有麻烦了!如果我从车上跳下来,那我马上就暴露了。如果我什么都不做,就可能撞到一辆车或一堵墙,或者一个天知道多么可怕的障碍。车摇晃着向前,我所能做的就是闭上眼睛,期待奇迹的发生。就在这时,我身后传来一阵急促的尖叫声和奔跑的脚步声。有人抓住了手推车,并用力拉住了它。我像刺猬一样缩回车底,屏住呼吸。

"我的天哪!"阿曼达的声音从我头顶传来,"这是一个多么神奇的马戏团表演啊!"

"嘘!"我发出嘶嘶的声音,抬头看了一眼,"掩护我,快!"

阿曼达盯着我,想说点儿什么,但这次我先开的口。我用手指了指公寓入口的方向,用嘴唇拼出"爸爸"这个词。阿曼达吃惊地瞪大了双眼。她随即把嘴抿紧了,看起来一时间似乎无法忍住不说话,但她还是把话咽了回去。阿曼达迅速抓住油布的边缘盖上手推车,开始轻声哼唱。但爸爸已经注意到了这边的动静。

"出什么事了吗?"爸爸喊道。

"没什么,只是这手推车想过自己的生活。"阿曼达尴尬地说道。从防水布的缝隙中,我看到她的头向天空倾斜,她说:"我猜今天是满月。"

"好吧,那应该没什么问题。"爸爸说。

"是的,是的,很好。"阿曼达保证道,然后把手推车推回到人行道上,迅速前行。

阿曼达匆匆向前时,手推车咣咣地左右摇晃着。刚才太紧张了,我松了口气,但为时过早。

"嘿,等一下!"爸爸的声音从后面传来。

鞋子踏在柏油路上发出回声。爸爸朝我们快步走过来。

"来不及了,根本来不及了。"阿曼达喘着气加快了脚步。

"哦,来不及了?"爸爸哼了一声,使劲抓住手推车的把手,车子摇晃起来,我的胳膊肘撞到了车壁上。

我抓住自己的手,把叫声憋了回去。我的心怦怦直跳,嘴巴发干。我的噩梦马上要变成现实了吗?

"这里一定有报纸。"爸爸说,"我好久没看报纸了,就在这里买一份吧。"

阿曼达一开始什么也没说。我从爸爸威严的语气中知道他不会轻易放弃。我担心他会掀开盖在上面用来隐藏我的防水油布。我猜阿曼达意识到了这一点,所以她同意了爸爸的要求,以防止最坏的情况发生。

"好吧,这一次,"他大声地继续说,"手推车里没有报纸了吗?"

阿曼达的手从防水油布的边缘伸进车里。阿曼达正在寻找着什么东西,她的手指伸向车底,那里有一小堆报纸。我尽可能不出声地抓起一份报纸,塞进阿曼达的手里。阿曼达把报纸递给爸爸,又迅速地把防水油布拉回原位。

"太好了。"爸爸笑着说,"我必须得了解一下天气,看看哪里暖和。我不能在这又黑又冷的地方待太久。"

阿曼达不高兴地咕哝了几句。我担心她会因为什么事跟爸爸争论。我紧闭眼睛,屏住呼吸。还好阿曼达克制住了自己的情绪,手推车很快又移动了,从一边晃到另一边,晃得我屁股疼,但直到阿曼达最终停下来后我才敢动。

"危险解除。"阿曼达掀开防水油布宣布道,"剩下的路程你可以走回去了。你几乎和一车报纸一样重。"

"车晃得太厉害了。"我一边抱怨一边挺直了腰。

"是你自己跳进去的。"阿曼达哼了一声说道。

我下了手推车,身体得到了舒展。我们已经到了棚屋路的起点。棚屋沿着小巷静静地矗立着,晨风吹拂着地上的树叶。一个人都没有。我还是回头看了看,我想确认爸爸对阿曼达给他的报纸很满意,想确认他回家了。巷子还是像以前一样安静,所以我动身走向前。过了一会儿,我注意到阿曼达在我身后没动,我转过身来等她。

阿曼达站在离我稍远的地方。她紧张地盯着巷子,头歪向小巷的一边。

"里面有什么?"我叫道。

"嘘。"阿曼达小声说道。她耳朵抖动了一会儿,随后她挺直身子,并迅速摸摸自己的耳朵。那时我才意识到这一切是怎么回事。我想我又叹气了,是我唤醒了阿曼达的耳朵。

"我只是,没什么,我只是检查一下……"阿曼达焦急地向我解释道,然后走了过来。

我懒得再打听了,我已经知道答案了。叹息,耳朵,诸如此类的东西。我们一言不发地走到巷子的尽头。秋天的草地展现在我们面前,漆黑的残茬从干燥的枯草中伸出来。阿曼达似乎仍然犹豫不决,她走得很慢,总是偶尔停下来侧耳倾听。我努力想说点儿什么,好让她从她的思绪中回过神来。

"我们现在怎么办?"我还是问了,"现在爸爸回来了。"

"我们先不用做什么。"阿曼达回答道。她将手推车推过坑坑洼洼的草地,接着说:"我们观察一下情况,看看你爸爸有没有发现什么。"

"发现什么。"我平静地重复了一遍,笑了笑。

爸爸会注意家里少了什么吗?这有点儿像在想房子里是不是少了洗衣液或者面粉。

阿曼达没有理会我那张冷酷的脸,继续说道:"我们会做好我们的工作。我分发报纸,而你……"

"我,做什么?"

"你做你的功课,还有电台。"

12 波波夫电台讲述和动物长大的孩子

再次向被子下的你们问好！这里是波波夫电台，我是阿尔弗雷德——这个节目的主持人。这次让我们以这个问题开始：毛克利、泰山、罗慕路斯和雷穆斯有什么共同之处？谁来回答？没有人回答。好的，让我来揭秘！这四个人都是在动物看护下长大的人类的孩子。正如人们所说的，狼孩，不是狼真正的孩子，而是狼养育的人类的孩子。

诚然，罗慕路斯和雷穆斯只是半个人类，因为他们的爸爸是战神。罗慕路斯和雷穆斯的外祖父在被兄弟推翻之前曾是国王。他的兄弟害怕罗慕路斯和雷穆斯会取代他的位置，于是下令把两个孩子淹死。国王的仆人把两个孩子放在篮子里，顺河流漂走。狼发现了罗慕路斯和雷穆斯，并把他们带到山洞里喂养，直到有一个牧羊人发现并照顾这两个男孩。后来兄弟俩建立了罗马，罗马后来成为意大利的首都。毛克利呢，他也与狼生活在一起。毛克利还有其他动物做伴，如黑豹巴希拉和熊巴鲁，巴鲁教会了毛克利丛林生存之道。泰山在父母死后被猴子养大。他的肌肉变得非常发达,他变成了那种会拍打自己胸部的硬汉,好像整个丛林都是他的。

但是,泰山、毛克利、罗慕路斯和雷穆斯与我们有什么不同呢?也就是和在被子下面的你们有什么不一样的呢?嗒嗒!没错!它们都是故事里的人物。不过,许多现实中的孩子也是在动物看护下长大的,信不信由你!至少狼、熊、狗、山羊、猴子和瞪羚都曾经养育过人类的孩子。一位瑞典博物学家将动物养大的孩子独自归为一类:野生儿童。

想象一下和一只动物一起长大是什么感觉。长大之后会更像人类还是更像动物?和动物在一起更舒服还是和人在一起更舒服?例如,一个和鸡一起长大的男孩像鸡一样行走,发出和鸡一样的叫声;狼群养大的两个女孩阿玛拉和卡玛拉喜欢晚上用手腕和膝盖在地上爬行。如果可以选择,我宁愿和迁徙的鹰一起长大,这样我就可以学会疾速飞翔。当人们有一天发现我时,我会像一只真正的鹰一样受到赞扬。我会先从水平飞行中直起身子,然后双臂和双腿紧紧地贴在自己的身体上,脚后跟并拢,疾速冲向地面,然后又冲向天空。

我这些天和一只猫、一只乌鸦住在同一个房子里,但是它们不照顾我,我也不照顾它们。大多数情况下,我们的生活很和谐。它们不管我,我也不管它们,除非我发现它们躺在我的吊床上,或者在我的背包里乱翻。起初我感觉和它们有点儿陌生，但现在我已经开始习惯了。我不再害怕，即使晚上听到翅膀的扑棱声，或者早上被深色的鸟眼盯着看。事实上，我很喜欢它们，我至少要感谢它们三百次，即使我自己更愿意成为一只鹰。

波波夫电台现在为所有的野生儿童和他们的动物同伴点亮蜡烛。好啦，蜡烛在这里闪耀着光芒。风从纸板窗缝里吹进来，火焰扑腾着。你可以点亮一些东西，或者是打开手电筒，或者亮起手机屏幕，或者闭上眼睛，想象有道光。

最后，还有一件事，波波夫电台希望能收到你们的信件。给波波夫电台写信吧。写狼、猴子、鸟，随便你想写什么都行。波波夫电台无法接收短信或社交软件上的信息，所以请用笔和纸写信吧！在信上写上"波波夫电台收"，晚上把它放在家门外面。如果你走不到门口，就把信放在房间的窗户那儿。波波夫电台的快递员会在日出前、在所有人还来不及发现之前取走信件，所以，没什么其他的了，就写信吧！这里是波波夫电台！

13　寻人启事

在爸爸回家后,我远离了萨维路。我希望爸爸很快能再次外出,把我离家出走的事情忘掉。如果现在发现家里少了什么东西会怎么样呢?晚上我没有再去帮阿曼达分发报纸,但我总是在早上问她有没有注意到萨维路晚上有没有什么特别的地方。阿曼达回答说,有时有光从窗户里透出来,房间里会响起音乐;有时窗户很暗,门里只有睡着的呼吸声。所以爸爸还在家里,然而,没有迹象表明他会来找我。直到那天晚上,一切都变了。

"阿尔弗雷德!醒醒,阿尔弗雷德!"

我睁开眼睛,发现屋顶在我上面移动,我觉得自己像躺在摇晃的船上。阿曼达站在我身边摇晃着吊床,急迫地重复着我的名字,然后把一堆纸扔在我身上。纸有些停留在我的肚子上,有些滑进了我的腋窝。

"看,他都做了什么!"阿曼达喊道。

"谁?"我打着哈欠,揉了揉眼睛。

"你爸爸！"阿曼达厉声说道，伸手指着散落在我肚子上的纸张，"满大街都是这些！栅栏上、电线杆上、垃圾桶上、树上……一处挨着一处，我把我能找到的都撕掉了。"

我抓起一张纸，但阁楼里光线太暗，我看不清上面是什么。我从睡衣口袋里拿出手电筒，把光对着纸，发现上面有我的旧照片。那时我在上一年级，脸上勉强地笑着，手里拿着一份试卷。照片下面写着：

寻人启事

我亲爱的七岁的儿子在我出差的时候失踪了。我无法拒绝出差的工作，尽管把我的小儿子一个人留在家里时我的心都碎了。我离开的时候，一切都很好。储物柜是满的，孩子也有一大笔钱。我每天都给他打电话，但不幸的是，他全新的手机出了故障，我联系不上他了。我立即中断了工作。当我回来时，他，我七岁的儿子，我的小宝贝，已经不见了。如果您有任何信息，请立即拨打下面的电话号码！线索提供者将被赠予咖啡！

我难以置信地盯着那张纸。我亲爱的儿子，我的小宝贝，我的心都碎了，全新的手机，还有，七岁！什么鬼！彻头彻尾的谎言！爸爸甚至不记得我的年龄！唯一真实的信息是我失踪了。我把手里的纸揉成球,将它从阁楼扔进黑暗的客厅里。

"我爸爸在撒谎。"我抑制住怒火说,"他不想念我。从上面就可以看出来,一个孩子只能换一包咖啡!"

我把毯子的一角塞进嘴里,像一只受伤的小狗一样咆哮着。阿曼达把凳子拉到吊床旁边坐了下来。她沉默了一会儿,只是望着黑暗。

"我以前遇到过这种情况。"她最后说道,"有时候,父母只有在发生不寻常的事情时才会注意到自己的孩子。你爸爸似乎就是这样。很长一段时间以来,你对他来说是隐形的。但当你消失后,你又变成有形的了。"

"但我不会回去的。"我交叉着双臂抱怨道,"我宁愿跳进那个峡谷!"

"我可没说要你回去。"阿曼达扬起眉毛说,"另外,院子边上有一条通往峡谷的小路,你不必跳过去。但无论如何,我们必须得想想我们要怎么做。"

"我想得够多了。"我说,"我不会再回到萨维路的。"

橱柜顶上传来尖叫。哈拉莫夫斯基估计是想说,现在是清晨,它还想睡觉。阿曼达朝乌鸦的方向瞥了一眼,陷入了沉思,她看起来疲惫不堪。

"你也厌倦我了。"我低声嘟囔着转过身,"对于一个帮助陌生孩子的人来说,做一个好人当然很容易。你只需要将这些小东西推入信箱口,不必考虑谁住在门后。即使在街上迎面碰到也是如此,因为你根本不知道他们长什么样,甚至连名字都不知道。只要知道姓氏、圣诞老人的名字、圣诞老人的歌就够了。"

我充满了愤怒。我对爸爸感到愤怒。对被遗忘的孩子和他们的父母感到愤怒。对阿曼达,对橱柜上尖叫的乌鸦,对在烤箱边缘打转的猫感到愤怒。我甚至感到我一挥手可以将整个世界一分为二,一半的世界里,太阳和月亮交替照耀,而另一半世界永远是黑暗的;一边的人吃冰淇淋、看电影,另一边的人在黑暗的洞穴里埋头苦干,满头是汗,一粒面包屑都没得吃;一边是欢声笑语,另一边则是阴云密布。我不知道我最终会站在哪一边。

我把脸贴在枕头上,闭上了眼睛。我感觉到枕套被我的眼泪弄湿了。我试图再次入睡,但再也睡不着了。

"你可能在想,我不知道被遗忘的生活是什么感觉。"阿曼达说,"你当然会这么想,这没什么。"

阿曼达沉默了,她的目光再次徘徊在黑暗的屋子里。我不知道该说什么,所以我坐起身用袖口擦了擦脸颊。为了做点儿什么,我开始把寻人启事收集起来。我把它们卷成一卷,塞进一个空果酱罐,然后把果酱罐放在吊床下面的篮子里。

"但是爸爸为什么要这样做呢?"我问,"为什么他现在突然想起我了？"

"他是你爸爸。"阿曼达回答道。她想了一会儿又继续说："也许他在家里找不到你时很害怕，也许他只是没有为此做好准备。"

"也许，也许……也许就应该是这样。"

"当然你现在不会有这种感觉，但你爸爸肯定会很想你的，以他自己的方式，一种特殊的方式。"阿曼达一边说，一边搓着手。

我不知道该不该相信阿曼达。如果爸爸想我，为什么要用这些傻傻的纸张来表现呢？为什么这个爸爸就不能像其他人的爸爸一样呢？为什么他就像一辆变幻莫测的旧汽车，有时在十字路口中间突然熄火，有时根本踩不住刹车只能狂奔？各种不安的想法在我的脑海里打转，但阿曼达只是静静地坐在凳子上。哈拉莫夫斯基又睡着了，胡维图斯在我们下面的什么地方打转，它什么也不知道。

"你爸爸可能不是故意这么做的。"阿曼达过了一会儿又补充说，"我从你对爸爸的描述来看，他似乎有点儿特别。有时他充满了光亮和动力，有时他的节奏又变得很慢，几乎停止了。这种急速和慢速的交替太费劲了，所以爸爸总是注意不到你。"

阿曼达是正确的。爸爸的速度慢下来的时候，他倒在沙发上，什么也听不见，什么也看不见。那时候我尽量保持安静，以免打扰他。过一会儿，爸爸又充满力量，开始喋喋不休地讲电话，把衣服扔进行李箱。这时我感觉他已经在路上，我会把自己关进房间里。

阿曼达认为我必须得去上学，继续正常的生活。后来在客厅干活儿的时候，她说事情总会有办法解决的。然而，我不确定阿曼达是不是认真的，因为当她这么说的时候，她是背对着我的，在收拾桌子，好像很忙。她把东西从一个地方搬到另一个地方，但最终什么都没有改变。东西只是换了地方：一罐果酱从桌子上移到椅子上，一个木桶从椅子那儿搬到了桌子上，在桌子底下的一堆书移到了床下，猫的食物碗左移了半米，一个烛台向右移了半分米，原来靠着橱柜的地板刷靠在了墙上，苹果从桌子上放到碗里，一次一个……我不知道同样的事情会不会发生在我身上。我只是稍微改变一下位置，但什么都不会改变。我会永远站在走廊的地毯上，站在中间位置，不知道自己属于哪里。

14　在仓库

第二天我正常去上学了。然而,很久以前我就对什么是"正常"有了一个模糊的概念。有这样的事存在吗?有正常的孩子吗?有正常的父母吗?有正常的上学时间、正常的老师、正常的零食吗?我对"正常"的思考越多,就越觉得它不正常。起初看似正常的,其实是不正常的,反之亦然,甚至连上学的日子也以非正常的正常方式走向结束。

最后一节课是环境学习,老师让我们写关于"我的院子"的作文。他坐在窗前,看着院子,轻敲着窗台思考着。我不愿意去想萨维路我家那铺满沥青的前院和停车场边矮小的灌木,所以我决定写阿曼达的花园。我从云杉栅栏开始写起,写了那些老树的粗树枝和它们身后隐藏的苹果园。我还描写了苹果的香味,以及晚上风吹树叶沙沙的声响。随后,我写了一座浆果色的房子和房子后面的开放峡谷——所有的苹果盗贼都会在逃跑的路上冲向那里。我还写了藏在玫瑰和灌木丛中的地窖,以及生长在苹果树下的野花。一想起阿曼达院子里的种种细节,我的思维变得敏捷起来,就好像是笔自己在纸上移动,直到老师停止敲窗台,我才从纸上抬起头。此时我注意到,老师双手扶着窗台,僵硬地站在原地。他盯着外面,突然转过身来,看着我。

"阿尔弗雷德,"他语气坚定地说,"我需要你去仓库帮忙。"

"现在吗?"我傻傻地问道,因为我刚进入写作状态。

"现在!"老师指着教室的门吼道。我走进走廊。老师跟在我后面,又转身回去取我的背包。他把背包挂在食指上,沿着过道快步向前,还从后面推着我,让我快些。走廊尽头是学校的仓库,那里存着大卷的地图、戏剧服、运动器材和其他用品。老师打开仓库的门,向里面点了点头。

"进去。"他冲我焦急地挥着手。

"但是我要做什么呢?"

"你得看看,嗯,那个1829年的城市植物园地图,或者1892年的,或者1982年的……我不确定年份,找到这个东西。"老师说着把背包塞进了我的怀里,"在你找到要找的东西之前,你不能回到教室。"

"但它们在哪里?"

"在哪里?在哪里?我怎么知道在哪里?"老师咆哮着,慌忙指着金属碗里的地图,"在那里!"

老师回到走廊,并随手把门关上,但又把门打开,朝里面看了一眼。

"你必须像老鼠一样安静。那边正在进行一场重要的考试。"他低声说着,朝对面教室的门点了点头。

与此同时,对面教室开始响起钢琴演奏声,全班同学开始放声歌唱。听起来非常不像考试。我疑惑地看着老师,这使他更加紧张。

"音乐考试。"他脱口而出,"合唱考试!啦,啦,啦……"

老师不说话了,砰的一声把门关上。我听到他的脚步声远去,教室的门开了,但老师还没来得及关门,走廊里响起了另一个脚步声。脚步声很响,而且很坚定。

"啊,好,你好!"老师用紧张的声音说,"有什么可以帮忙的吗?"

"是关于我儿子的。"男人的声音说。

我屏住呼吸,向门靠近,以便听得更清楚些。我不会听错声音的。爸爸来学校找我了。我小心地打开门,向走廊里偷偷望去。爸爸背对着我站着,我看不见他的脸。

"哦,是这样,好吧。"老师直截了当地说,"今天没人见过他。如你所见,他的位子是空的。"

"啊,这样啊……"

"他可能生病了吧,是不是?"

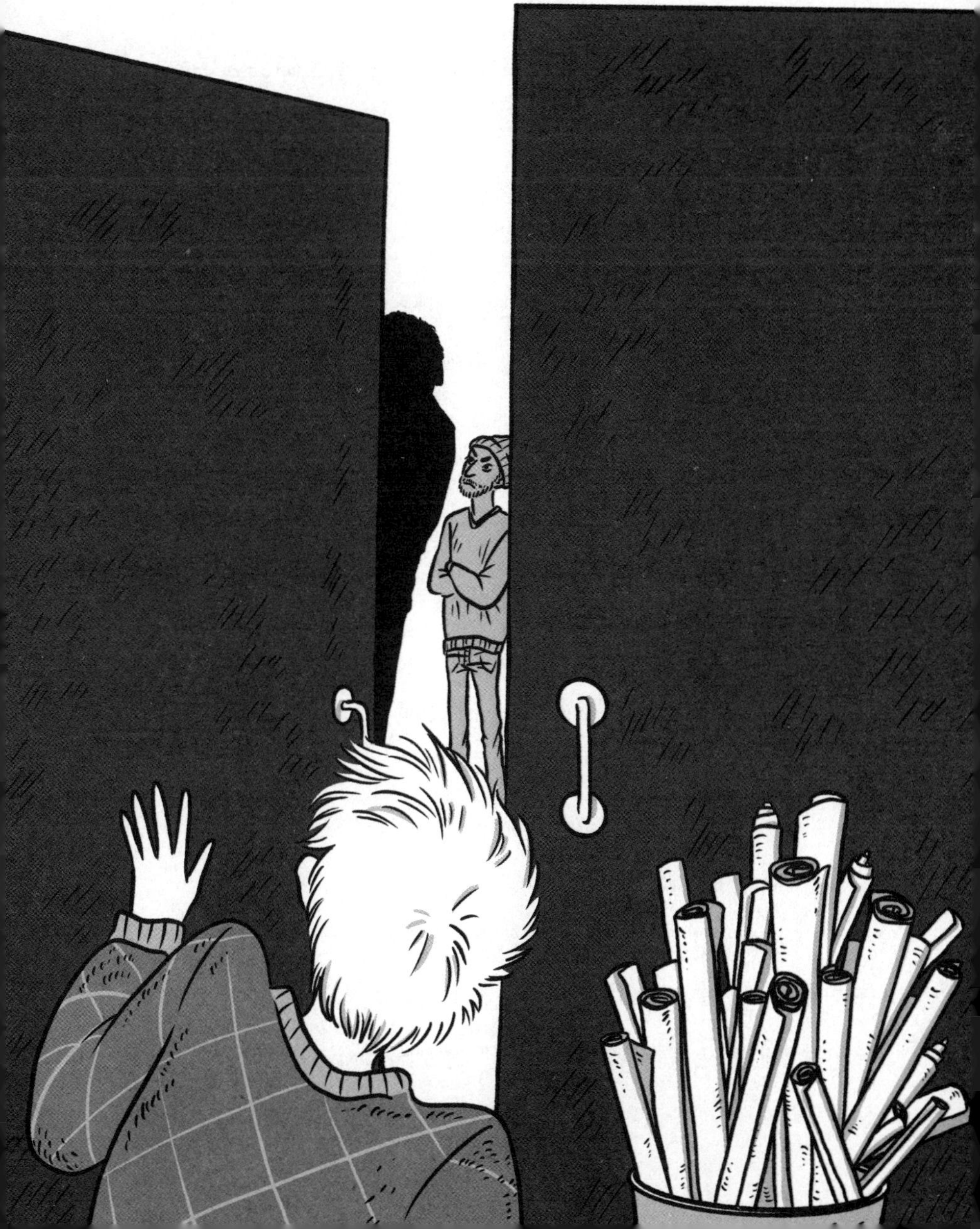

"是啊,病了。"爸爸结结巴巴地说,然后突然假惺惺地用严肃的声音补充道,"特别特别严重的病……是的,病得很重。"

"听到这个消息我很难过。"老师说,"我想一切都会好起来的。"

"这正是我来这儿想说的。"爸爸迟疑了一会儿说,"所以,就是他生病了,正在家养病,不能来学校了。"

爸爸显然以为他会在学校找到我,但当他发现我不在教室时,他不能告诉老师我丢了。也许他羞于承认这样的事情,或者他只是不想让任何人卷入这件事。当我听着爸爸急促的谎言时,我突然想要藏得更好一些。我轻轻地关上门,在黑暗中后退了几步,但随后我碰到了一个衣架。砰的一声,有个柔软的东西掉在了我的脑袋上。我不敢碰它,所以我没有再发出声音。我调整了下位置,不小心撞到了一个放着地图的金属碗。它咔嗒一声撞在架子上,就那样靠着架子,看起来随时都可能掉下来。我拿起一卷地图,借助它把发出咔嗒声的碗拉了起来。

走廊变得安静了。爸爸和老师听到了我发出的动静。我紧闭双眼,双手紧攥成拳头。

"一些修理工人。得有人提醒他们,上课的时间必须小声点儿。"老师向爸爸解释道,然后突然在走廊上大声喊道,"小声点儿!"

"好吧,我想我得离开这里了。"爸爸烦躁地说,"但如果你碰巧在这里发现……"

老师快速又坚决地说道："如果我碰巧发现有一个学生生着病来学校，我会马上让他回家。如果我碰巧发现学校的走廊里走着不合适的人，我会向校长报告。"

爸爸说了几句告别的话后就离开了。爸爸的脚步声开始在走廊里回响，又渐渐平息下来。过了一会儿，教室的门砰地关上了。我仍然不敢打开仓库的门，甚至不敢开灯。我站在黑暗中等待着什么事情的发生。终于，下课铃响了，走廊里能听到同学们的吵闹声。我还能从吵闹声中听到老师祝同学们回家一路顺风。过了一会儿，我打开门，看到最后一个同学向楼梯跑去。老师一个人在教室前面站了一会儿，但最后还是离开了。

我吓坏了。我还没有找到地图，我甚至还没有去找它。我像一座雕像一样僵硬地站在仓库里，在剩下的一个小时里我一直在想爸爸到底想干什么。我又往走廊里偷看了一眼。老师已经走到了走廊的另一头。我感到自己被出卖了。首先，老师帮我解决了麻烦，然后就把我忘在了黑暗的仓库里。我的肩膀一塌，不由得发出一声深深的叹息。从门缝里，我看到老师停在楼梯间，快速碰了碰帽子的边缘，然后走开了。

15　愚蠢的念头

老师已经离开很久了,我还躲在仓库里。我开始觉得饿了。反正我也不想在黑暗的仓库里度过剩下的时间,所以我鼓起勇气抓住了门把手。就在我转动门把手的时候,有人突然从另一边猛地把门拉开,我一下子趴到了走廊的地上。

"啊,是你。"有人说,"又撞见了。"

我只能看到眼前挽着裤脚的牛仔裤裤腿和破旧的运动鞋,鞋子原本应该是白色的。我抬起头,才发现这双腿是谁的,是走廊里站着的那个女孩的。秋季假期结束后的那个早晨,我在教学楼台阶上踩到了她的脚趾。女孩脸上长着雀斑,浅棕色的头发别在耳后一直垂到下巴。她穿着一件绿色外套,刚好和我背包的颜色一样。

"我不是要吓你。"她说着,伸出手想扶我起来,"你受伤了吗?"

"没有。"我脱口而出,自己爬了起来,"但这仍然是你的错。你在我面前猛地一下把门拉开了。"

"对不起,我不知道你要出来。"女孩真诚地说道,"你班里的老师在院子里拦住我,让我来告诉你,你可以出来了,留堂已经结束了。"

"留堂?"我尖声说道,惊讶地看着那个女孩。老师从来没有说过留堂,而我实际上也从未被留堂过。但我突然想到,留堂确实是一个很好的理由,用来解释为什么我会藏在仓库里。

"他自己为什么不来让我走呢?"我问。

"他没有说,他似乎很匆忙,说他突然耳朵疼。"女孩好奇地看着我说,"我甚至不知道还能在仓库里完成留堂。你到底做了什么?"

"没做什么。"我说完才意识到我最好想出点儿什么,这样女孩就不会再问了,"或者,好吧,我把我的学习用品扔到河里了,所有的书、橡皮和钢笔。老师好像不太高兴。"

"那样做有什么好处呢?"女孩问。

"可能没有吧。"我说着,转过脸去,这样我的表情就不会暴露我在说谎,"但这不关你的事。"

"我只是好奇。"女孩耸耸肩说。

我突然感到很奇怪——爸爸在走廊里的讲话,老师奇怪的行为,女孩烦人的眼神。我那可怕的衣服在我身上扭曲着,我的胃里像坠入一块石头一样痛得厉害,我的脸颊开始发热。我想快点儿出去,所以我抓起背包转身准备离开。

"该走了。下次再说吧！"我喊道,假装漫不经心地冲向衣架。

"嘿,听着!"女孩喊道。

我穿上外套,平静地向楼梯走去,但当我能躲开女孩的目光时,我开始以一步两个台阶的速度跳下楼梯。走到楼梯中间时,我瞥了一眼身后,看见那个女孩还在跟着我。我在院子里尽量装作没有注意到她。我跳过围栏,来到围栏的另一边。我从地上抓起一块石头,把它扣到垃圾桶里。但那块石头从垃圾堆的边缘弹了出来,落在了地上,好像嘲笑我似的。女孩仍然紧跟着我。我跑向大门,转向人行道。就在这时,我注意到学校的栅栏上贴着三张纸。我立刻认出了它们是什么。爸爸离开的时候,把寻人启事贴在了学校的栅栏上。我在惊恐中把它们撕下来,塞进了口袋。幸运的是,女孩并没有注意到。

"等一下!"女孩喊着跑过来拦我。

她坚定地走在我身边,但我就当她是空气一样。

"说点儿什么吧,什么都行。"女孩恳求道。

我不明白她为什么追上来。我一言不发地继续走,拐了个弯,走上一条小路,进入一片树林。那女孩一直跟着我。我不想让她知道我住在哪里,尤其是现在,在任何地方都能看到带着我照片的寻人启事的时候。我得摆脱这个女孩。这时我想到了一个主意。我会通过回答她的问题给她一个惊喜——吓唬她,吓她一跳;或者我说

些愚蠢的话，她就会放过我。我转过身来，但在那一刻，我只想起了一本书的片段，书是我有天晚上在阁楼上找到的，当时我没能从下面的屋里找到报纸。

"咚咚，谁在那里，我给你带了一条虫子。"我对着女孩的脸咧嘴，像个傻子一样地嘲弄道，然后转身继续赶路。

但女孩并不害怕，相反，她似乎很开心。

"《费多尔大叔,公狗和公猫》,"她叫道,"爱德华·乌斯宾斯基,出版于1974年,同年阿巴乐队赢得了欧洲歌唱大赛。这个你讲得太短了,再多说一点儿!"

乌斯宾斯基,我想知道是什么,但我懒得问。我了解阿巴乐队。爸爸的架子上有阿坝乐队的唱片。有时出门前,他会播放《Money,Money,Money》这首歌。这时,他会双手抓着落地灯——就像手里拿着麦克风,在客厅里跳起舞来。

我跳上倒下的树干,那树干通往一条小路。我沿着树干走,然后又跳到地上。

"咚咚,我是阿尔弗雷德,这片树林的主人,阿阿阿阿阿尔弗雷德。"我大声喊着,从地上抓起一个松果。

我试图把松果扔得远一些,但它撞上了一根松枝,砸在我的脚趾上,我一脚把它踢进苔藓里。我转过身,看见那女孩正张着嘴盯着我。

"现在要干什么?"

"没什么,什么都没有。"女孩含糊不清地说道。她后退几步,然后转身逃走了。

当我看着那个女孩逃跑的背影时,我意识到,已经很久没有一个看起来很正常的人和我说话了,但我却说着混乱的话赶走了她。那个女孩一定认为我是个白痴,再也不会跟我说话了。

"你要去哪儿?"我在她身后喊道,"我也可以走那条路吗?"

"不,有人在家里等我呢。"女孩说完跑走了。

当她跑到大路上后,转过身来看着我,喊道:"你的头发真搞笑!"

16　发烧

我拼命地跑到"世界边缘"。直到我走到苹果园才吸了口气,然后把今天发生的怪事都呼了出来。我突然觉得自己筋疲力尽,拖着疲惫的身体走上了门廊的楼梯。在小屋门口,我碰到了阿曼达。她站在门口,手里拿着一个空木箱子,朝向门槛。看到我时,她咧嘴笑了起来。

"啊哈,是新发型。"她开玩笑地说,然后把箱子拿到门廊上。

我摸了摸自己的头,感觉摸到了什么柔软的东西。我冲进客厅,从挂在墙上的一面镜子里看着自己,镜子镶着厚厚的装饰框。我头上多出来一团肆意鬈曲的漆黑头发。我忘记了在仓库有东西掉在了我头上,那是学校一年级的圣诞派对"年度森林魔法剧"中用的假发。我双手抓住假发扔在地板上。原来如此!那女孩不仅看到了我那可笑的衣服,还在我的头顶上看到了这个恐怖的假发,这让我看起来像个霍比特人。

我把假发踢到门厅角落,感觉到眼泪从我的眼皮下面涌进了眼眶。哈拉莫夫斯基默默地飞到那儿，把假发从地上捡起来。它把这个新宝贝带到柜子上，不停地啄它，使假发变得蓬松，然后心满意足地趴在上面。

过了一会儿，阿曼达走了进来，我用眼神向她表明，我的发型已经不值得她拿来开玩笑了。阿曼达轻轻地从我身边走过，来到烤箱前，拿出了新鲜的面包。她切了两片厚厚的面包片，又倒了一杯果汁。

"你看起来渴了。"她说着把那杯果汁递给我，并把盛面包的盘子放在桌子上，"到底出什么事了？"

我抓起杯子大口喝光了果汁，用袖子擦了擦嘴。阿曼达又给我把杯子倒满，我又喝了一些。最后，我把学校里发生的事告诉了阿曼达。我讲了我的爸爸、植物园的地图，以及我在仓库里留堂。我还讲了老师和爸爸在教室门口互相撒谎，好像他们有什么要隐瞒的，但是我没有说关于那个女孩的任何事情。

"我不知道老师是怎么想到把我藏起来的。"我边说边吃着面包片，"他不可能知道我离家出走了。"

阿曼达给自己倒了杯咖啡，想了想。"你的老师叫什么名字？"她问道。

"泰赫迪宁。"

"泰赫迪宁。"阿曼达轻声重复道，"他长什么样？"

"又高又瘦，像一根雪糕棒。他总是穿黑色衬衫和黑色裤子，戴一顶没有帽檐的帽子，脖子上围着一条绿色围巾。

"羊毛的还是丝绸的？"

"我猜是羊毛的吧。他还有一个棕色的皮革公文包，上面有个小徽章。"

"什么样的徽章？"

"是一种鸟，也许是猫头鹰。"

阿曼达盯着她的前面，双手捏着咖啡杯，然后她近乎耳语地问道：

"自行车还是汽车？"

"汽车。"

"说得更具体点儿。"

"一辆蓝色的旧车，会发出糟糕的隆隆声。"

阿曼达站起来，走到面向苹果园的窗口。她静静地站在那里，向外望去。院子里发出一声巨响。

"是鸦。"阿曼达平静地说道，接着吹了两声口哨。

哈拉莫夫斯基在柜子上方拍打着翅膀，看起来一副不想离开假发的样子。但当阿曼达再次吹起口哨时，它只好乖乖地飞向了阿曼达。阿曼达打开窗户，让哈拉莫斯基把那些鸦从苹果园里赶出去。乌鸦呱呱地飞了出去，阿曼达开始在桌子旁收拾起来，不再问泰赫迪宁的事。

阿曼达似乎对继续谈论当天发生的事情不感兴趣了。我爬上阁楼,拿起一本我前一天晚上读过的书。这时,我的目光落在了作者的名字上,我终于明白了为什么那个女孩会提到爱德华·乌斯宾斯基。我真是个傻瓜!那女孩一定认为我是个白痴。我胡乱说的话表明我对那本书一无所知,我甚至不知道我如此巧妙地引用的书是谁写的。泪水模糊了我的眼睛,我想我可能再也没有机会改正我的错误了,也许她再也不想和我说话了。我爬上吊床,把自己藏在毯子下面,把头埋在枕头里,希望自己成为另一个人,除了被遗忘的阿尔弗雷德之外的任何人。

当我第二天早上醒来时,我冻僵了,喉咙很痛。我还是走下了阁楼,拖着沉重的步子走到桌子旁。阿曼达看到我,摸了摸我的额头,摇了摇头。她去拿了一支体温计,把它夹在我的腋下。过了一会儿,阿曼达把体温计取出来,说发烧的程度足以让我在吊床上待一整天了。

这真是一种解脱!我不用去上学了。爸爸不可能在"世界边缘"找到我的。时间一长,泰赫迪宁老师就会忘记植物园地图的事情。那个女孩也能忘记愚蠢的我和那愚蠢的假发。所有人都会忘记我。当我躺在家里发烧的时候,我的名字和脸就会从他们的记忆中被抹去。

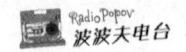

是的，在家里。我开始把阿曼达的房子称为家。虽然我不知道阿曼达是怎么想的，但阿曼达并没有干涉我的表述，似乎也没有试图以任何方式解决我的问题。也许她认为我就像一个在地球上行走的人，在冬天需要一个栖身之所，等春天天气暖和起来再离开，继续他的旅程。

她对我的未来只字不提，但有时我觉得这让她感到很困扰。有一次我回家的时候前门开着，阿曼达并没注意到我进来。她手里拿着卷尺在阁楼里走来走去，并把吊床抬起来测量阁楼一边到另一边的距离。当她注意到我时，她很快把吊床挂好，开始在一个盒子里翻找，说她在找她丢失的那本园艺书。还有一次，我回家时碰巧阿曼达正在打电话。不知怎么，她打电话时的语气听起来很正式、很严肃，让人很不舒服。她注意到我时便放低了声音，并快速挂断了电话。

我开始怀疑阿曼达在计划一些她不想告诉我的事情。也许她对阁楼有一些其他的计划，而不是让它做我的住所。

我烧得更厉害了，我的力气耗尽，没劲再担心了。我暗自希望这种高烧能持续到今年年底。阿曼达说她要去城里办事。离开之前，她爬上梯子，送来一个装着面包和果酱的零食篮以及装满热姜水的保温瓶。吃过饭后，我感觉好了一点儿，想起了我找到爱德华·乌斯宾斯基的书的那个箱子。我把箱子拉近一点儿，把一摞书从那里搬到吊床的脚上。我从来都不是一个狂热的阅读爱好者。我一直更喜欢读报纸。报纸可以让我想象自己是这个世界的一部分，所有一直在发生的美好的事情的一部分，而现实对于我的生活远在光年之外。

　　箱子里的书看起来很古老。我想这些书一定是阿曼达童年或者再大一点儿的时候留下的，于是我抓起书堆里最上面的那本。封面上是一个男孩和一只狗的照片。男孩穿着一件肘部打了补丁的蓝色夹克，头上戴着一顶羽毛帽子，小腿上缠着绿白相间的丝带。这只狗戴着一顶前面有金色装饰的高帽子。在背景中，绿色的山坡之间一个小村庄若隐若现。我打开书，读了第一句话：我是一个弃婴。文字很密集，一开始读有点儿费劲，但我没有放弃。令人惊讶的是，这个故事吸引了我。我感觉我就像是走在主角身边，听到了他的声音和呼吸，听到了他鞋子下沙子的咯吱声，所以我一直读啊读，都没注意到阿曼达回家了。

　　看完这本书，我觉得很难过，所以马上又拿了另一本书。我想让自己重新沉浸在另一个人的故事中，聆听他的想法，体验他所做的一切。

　　发烧持续了整整一个星期，但这并没有影响我的生活。每当阿曼达清晨送完报纸回到家，她就向阁楼上送一篮子食物，然后就去睡觉。我睡醒后，吃了东西会继续看书，一本书接着一本书地看。一

波波夫电台

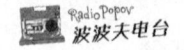

天早上,我觉得烧终于退了。阿曼达睡着了,食物篮像往常一样,在梯子顶上等着我。我用伞钩把篮子拉过来。当我弯下腰去拿保温杯时,注意到篮子里有两个信封。信封上面写着:波波夫电台。

17　波波夫电台的文学之旅

亲爱的听众朋友们,欢迎收听波波夫电台!我是阿尔弗雷德,这个节目的主持人,你们已经知道这件事情了。这次我们从读者的来信开始讲起。我们五岁的听众维科写道:

我喜欢的生活。我最喜欢的动物是辛普森一家和海底小纵队的成员。我已经认字了,其实不需要那些说明书的图画。
祝好。

维科,五岁

在信的下方,维科画了一张巴特·辛普森的图画。现在,让我来向那些不看电视的朋友介绍一下,《辛普森一家》是讲述一个美国家庭的动画情景喜剧,家庭成员有霍默、玛姬、巴特、丽莎和含着奶嘴的麦琪。《海底小纵队》也是一部动画片,讲述了一群圆头生物探索水下世界、拯救需要帮助的动物的故事。

谢谢你的来信和图画，维科！这是个有趣的角度，与波波夫电台上一期节目的主题刚好契合：人与动物的区别是什么？《辛普森一家》里的主角是人还是动物？这些卡通人物自己能确定他们是什么吗？但是《海底小纵队》里的主角是真正的动物：北极熊、猫、兔子、腊肠犬、企鹅、海獭和章鱼。我也有两个动物朋友，我之前讲过的，一只是被果酱宠坏了的猫，另一只是乌鸦——它现在似乎在演播室的窗户后面盯着我，看起来是让我最好不要透露更多信息。所以我们再拿一封信吧。寄信人的昵称是"伊"。

波波夫电台的广播很不错，不得不说收音机是一项很好的发明。但我想要更有深度的节目，没有疯狂和混乱，没有"耶，波波夫，耶"之类的表达。因为我在家就能看到太多疯狂的事情了，是真的疯狂，但是现在是安静祥和的。爸爸和妈妈像小仓鼠一样在睡觉。昨天我把他们的酒倒进了下水道，把瓶子里灌满了水。他们很笨，甚至分不清水和酒。我是唯一一个能正确区分事物的人。例如，我能分辨出现在是早上差3分6点，而我根本没睡多少觉。妈妈爸爸在晚上和客人们一直在吵闹，直到我叫客人们离开。他们乖乖地听了我的话，走的时候非常抱歉。我很疲惫，但幸运的是，我在学校有一个很好的老师，他让我在课上睡觉。我在学校的生活很好，因为可以坐在那里看书。我真的很喜欢看书。我长大了想成为一名作家。顺便问一下,你能在这些广播节目中偶尔谈谈书吗?或者读一读《哈利·波特》?你知道哈利·波特是谁吗?

问好。

伊

谢谢你的反馈,伊。波波夫电台承诺从现在开始减少闲谈。是的,我知道哈利·波特是谁。一个住在走廊楼梯下的孤儿,他突然进入了魔法学校,必须与那个——很难叫出名字的——伏地魔战斗!遗憾的是,波波夫电台的书架上找不到这部作品,所以没办法读哈利·波特的故事。这里只有非常老的旧书。这房子里的东西都很旧,家具、餐具、果酱罐、书、我待的这个塔,还有衣服,尤其是那些衣服!所以阅读哈利·波特的故事现在似乎没有办法实现。但是,嘿,没关系,我们会继续讲其他书。现在接下来,嗒嗒,是的,又来了一次,我要再克制一点儿。接下来是波波夫电台的第一次文学之旅!

我整整一周都在生病,然后我做了一件我以前从没做过的事。我从早到晚一直在看书,只看书。我在一个纸板箱里找到了厚厚的小说。一开始我以为它们只是一些沉闷乏味的老掉牙的旧书,但当我读完一本,我立刻又抓起另一本,根本不想结束。我意识到,在书籍的帮助下,我进入了全新的世界,有时我回到了过去,有时去了瑞典或者中国,有时又坐着潜艇去了海底。之前,我只读报纸,那是我当时知道的最好的东西。我以为读报纸会让我成为世界上每时每刻发生的美好事物的一部分。但当我开始读书时,我意识到我可以成为世界任何事物的一部分。我可以从一个时间地点跳到另一个时间地点,从一个人身上跳到另一个人身上。即使进入的阅读世界是想象出来的,但它仍然让人感觉真实。

箱子里有不少书是关于被遗弃或者靠自己生活的孩子的故事。我不知道为什么,也许只是以前的作家们喜欢写这样的孩子;也许他们自己有时也想独立生活,就像费多尔大叔或佩比。每个人应该都知道佩比。这是我拿到手的第一本书。佩比的妈妈死了,爸爸一直在旅行,就像我认识的另一个爸爸一样。然而,佩比有一些

不是每个人都有的东西——超能力和一箱金币。有了这些就可以生活得很好。大多数时间佩比都和猴子、马以及邻居的孩子们玩得很开心,但有时候他也会感觉有点儿孤独。

另一本书讲述了一个名叫奥利弗的男孩。奥利弗出生在一个贫穷的家庭,他一出生,妈妈就去世了。奥利弗在孤儿院和穷人家庭之间辗转数次,最终逃到了伦敦,加入了一个扒手团伙。他们的头目试图把他训练成为一名扒手。然而,奥利弗太善良了,不可能成为一名扒手。经历了各种各样的事情后,最终奥利弗成为好人,一个善良的人收养了他,邪恶的扒手头目被抓住了。我认为在书的最后,孩子们都表现得很好。这样的故事内容让我沉浸其中,一遍又一遍地走进不同的世界里。

不过,我最喜欢的是一本叫《苦儿流浪记》的书。它是法国作家埃克多·马洛写的,出版时间大约比亚历山大·波波夫制造出来我所用来说话的设备早二十年。接下来是情节揭秘。如果有人不想听,那就立刻捂上耳朵。这本书讲述了一个名叫雷米的男孩在法国乡村一个贫穷女人的照顾下长大的故事。这个女人叫巴伯林。巴伯林的丈夫杰罗姆发现只有六个月大的雷米穿得很好,就把雷米带回了家,因为他想从男孩的父母那里得到丰厚的报酬。然而,没有父母来找雷米。杰罗姆去巴黎工作时,雷米和巴伯林住在一起。一直以来都是巴伯林在照顾雷米。几年后杰罗姆回到家时想摆脱雷米。他把雷米卖给了好心的巡演艺术家维塔利斯。维塔利斯带雷米去了他的马戏团。马戏团有三只狗——凯皮、泽比诺和杜奇,还有一只猴子卡尔。维塔利斯教雷米读书、演奏乐器和唱歌,生活有那么一刻看起来很美好。但有一天,维塔利斯刺伤警察后进了监狱,雷米只得独自与狗、猴子生活在一起,还认识了生病的孩子亚瑟和他的妈妈。意想不到的是,亚瑟的妈妈之前有过一个孩子,但在这个孩子六个月大的时候失去了他。维塔利斯出狱后,马戏团继续在法国各地表演,随之而来的是各种苦难:贫穷、寒冷、饥饿、疾病、死亡、骗子。泽比诺和杜奇死了,卡尔死了,维塔利斯死了,最后只有雷米和凯皮活了下来。每当雷米觉得自己找到了一个新家时就会发生一些事情,迫使他重新流浪。然而,雷米并没有放弃,而是与凯皮进行了一次又一次的冒险。结局是幸福的。所有的痛苦终被善和美所取代,剩下的我就不多说了。如果你想知道更多关于雷米的冒险故事,自己去读吧!无论如何,阅读可以提高认知。波波夫电台用这句话结束了这次的文学之旅,所以下次见吧!这里是波波夫电台!

18　揭露秘密（一）

星期一回到学校时，我发现我们的教室已经从二楼换到了三楼的紧急出口旁边。泰赫迪宁老师说，这样做只是为了让人感到焕然一新。新班级有更好的视野，尽管从这儿看到的东西和原来一样：校园、吱吱作响的大门和门外凹凸不平的公路。

我很快注意到泰赫迪宁老师经常走到靠近窗户的地方。有时他把椅子挪到窗前，在我们做作业的时候向外张望。而且，他开始在上课的时候把教室的门锁上。如果中间有人敲门，他不会叫我们开门，而是自己走到门口，先把门打开一点儿，好像是要确认门后有没有危险。

座位顺序也发生了变化，泰赫迪宁老师说是因为教室换了。我的座位在前排靠窗的位置。泰赫迪宁老师在窗前放了一张凳子，凳子上放了一棵很大的绿色植物。据泰赫迪宁老师说，这种植物向空气中释放的氧气可以帮助我们好好上课。因为植物也需要大量光照，所以它只能放在窗户旁边，我的前面。最重要的是，泰赫迪宁老师已经告诉校长，他暂时可以在我们班学生都在校园里的时候担任课间监督员。校长一开始很奇怪为什么这位老师自愿做这样的工作，但还是同意了他的请求。其他老师对泰赫迪宁老师赞不绝口，并送了他礼物：咖啡、巧克力、电影票和一件在秋季暴风雨天气中穿的鲜红色雨衣。

在一次课间休息时，我坐在学校长凳我的老位置上，沉浸在思绪中。

我看着其他人在院子里奔跑，想知道他们早餐吃了什么，谁叫醒了他们，他们晚上会做什么，有人会带他们去游泳或看电影吗，他们能熬夜到多晚，睡在哪里，有人曾在吊床上过夜吗……

一个人的问话打断了我的思路："我能坐在这儿吗？"

站在我旁边的是一个女孩，是我用那些愚蠢的话从树林里赶走的那个女孩。尽管我的心跳开始加快，我还是漠然地耸了耸肩。我腾出一块地方，女孩坐了下来。她从口袋里拿出一个苹果咬了一口，苹果的味道闻起来很熟悉。

"安东诺夫卡。"我说。

"啊，你说什么？"

"你的苹果是安东诺夫卡。这是冬天的苹果，最适合做成果酱和果汁。但你是直接吃的。"

"好吧。"女孩笑着说，"这是妈妈在市场给我买的。妈妈每天早上都要确保我带零食上学。有一次,她给了我一份新鲜的面包卷,那是她一大早从面包店买来的。另一次我吃到的是蓝莓松饼和梨子,梨子的汁水多到我吃的时候都从我的手指流到课桌上了。可惜的是,并不是每个人都有一个这样美好和体贴的妈妈。"

"是的,很可惜。"我看着地面平静地说。

"想象一下,有些孩子根本没有父母,或者被父母抛弃了。"女孩晃动着双腿说道。

我什么也没说。我开始感到不安。我用手指捏着长凳的边缘,准备离开。

"有些父母会喝一些奇怪的饮料或粉末。"女孩提高了声音继续说道,"那真的很惨。"

"那当然。"我说着看向女孩的脚踝。她晃动着双腿,牛仔裤下的脚踝若隐若现。

"也许我会用我的语言介绍一本关于孤儿的书。"女孩说着,继续晃动着她的双腿。

我盯着女孩的脚,她脚上穿着羊毛袜子,袜子是灰色的,上面有三道条纹:蓝色、红色和绿色。

"一开始我想介绍一本关于爱丽丝·卢卡的书,因为我叫伊丽丝,我的名字里是'伊'。这本书至少有一百年的历史了,但我很喜欢它,因为爱丽丝有自己的想法,不像她的表亲们是纨绔子弟。但后来我意识到爱丽丝不是孤儿。爱丽丝的妈妈去世了,但她的爸爸还健在,他在国外,最后爸爸回到了爱丽丝身边。所以我决定介绍一本关于哈利·波特的书,因为他真的是一个孤儿。你读过《哈利·波特》吗?"

"没有。"我回答道,眼睛没有离开女孩的袜子。

"我要把所有关于哈利·波特的书都买下来,归我自己所有。"伊丽丝越说越兴奋,"爸爸每周五会给我零花钱。我可以用它做点儿喜欢的事。我通常买书或新的笔和笔记本。看,我还有那么多钱呢!"

伊丽丝把手伸进口袋,拿出一把硬币,里面还有一张十元的纸币。她把手从口袋里掏出来时,一张皱巴巴的纸飞到空中,落在我们之间的长凳上。在伊丽丝注意到之前,我抓起那张纸,把它抚平了。

"你应该卖了很多空瓶子吧。"我说着把收据递给了伊丽丝,"你的父母喜欢喝各种奇怪的饮料。你拿着空瓶子去商店就能换到钱。当你的父母把所有的钱都浪费在这些饮料上时,你就可以用饮料瓶换的钱为自己买食物和书籍。"

伊丽丝沉默了。她弯下腰,双手攥拳,嘴巴紧闭,用鼻子呼气。

"我也知道两件事。"伊丽丝讥讽地说道,"晚上好,这里是波波夫电台。我是阿尔弗雷德,这个节目的主持人。今天我们要讲一些聪明有趣的事情,这样你在被子里就不会那么痛苦了!"

"嘘,有人能听见!"我生气地说道。

"你以为我听不出你的声音吗?"伊丽丝压低声音说,"你在学校楼梯上撞到我的时候,我就认出来了。'我是阿尔弗雷德,一名三年级学生……'自从你在信箱里留下那愚蠢的说明书后,我就收听了波波夫电台所有的广播。"

"那时候你是醒着的吗?"

"当然了。我每天晚上都等报纸。"伊丽丝说,"我站在大厅的角落里,你不会注意到的。当我从窗户向外面偷看的时候,我还以为我张牙舞爪的样子会吓到你呢。"

伊丽丝停了一会儿才继续说话,好像我需要更多的证据才能证明她确实是波波夫电台的听众之一。伊丽丝开始重复我在广播里说的话:

"耶!波波夫!耶……然后,嗒嗒,奥尔加修好了波波夫的怀表,他们成了朋友……我最喜欢的是一本叫……"

"够了!停下来!"我大叫着抓住伊丽丝的手。

伊丽丝痛得尖叫着甩开我的手。

"你为什么不立刻说你知道?"我问道。

"你也没说你知道我是谁。"

"我是看到那双袜子才知道的。"

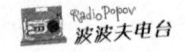

"啊？"

"我发誓我不知道，但我知道那袜子。我知道你是从哪里得到的袜子。"我说着拉起裤腿，给伊丽丝看我自己的袜子，"我看到你的袜子时就意识到了它们和你的苹果是从哪里来的。安东诺夫卡不会在市场上卖的，你说谎了。你也是大半夜在报纸中间拿到的。"

"是的，我就是这样得到它的。"伊丽丝叹了口气说道，"我撒谎是因为我不想让你知道我是谁。如果别人知道你的父母有点儿奇怪，那就不好玩儿了。但是你是怎么知道的？"

"阿曼达告诉我的。"

"阿曼达是谁？"

"我们的袜子都是从她那里得到的。我离家出走了，现在和她住在一起。那个电台也是阿曼达的主意。当我看到那个回收瓶子的收据的时候，一切就都清楚了。我记得波波夫电台有个听众是一个八岁的小女孩，她会带着瓶子去商店，用瓶子换的钱买书。"

"我爱读书。"

"是的，而且……"我偷偷地看了一眼伊丽丝继续说着，"而且是一个具有行动能力的人。"

"什么？"

"嗯，它就是一个类别，它的意思是……"就在这时，学校的铃响了，院子里一阵骚动。

"嗯,随它去吧。我有机会再解释。"我说着从长凳上站起来,"很高兴和你交流。明天放学后还是那个地方?"

"同意。"伊丽丝笑着说道。

19　伊丽丝的计划

第二天下午,我在学校门口等着伊丽丝。我当时在院子里看足球比赛,都没注意到有人在我旁边停下来。

"怎么,阿尔弗雷德,你怎么还在这儿坐着?"是泰赫迪宁老师,他还是一如既往地戴着没有帽檐的帽子。

"我在等一个朋友。"

"是这样啊。这个人是谁?"

我还没来得及回答,学校的门就开了,伊丽丝跑了出来。

"对不起,我来晚了。"伊丽丝看了一眼泰赫迪宁老师,喘着粗气说,"现在是什么情况?"

"啊,没什么。"泰赫迪宁老师说着把公文包往腋下塞得更紧了。有那么一会儿,他似乎已经想通了一些事情,但随后又摆出了那副惯常的公事公办的样子,向我们点点头,然后离开了。

"他说了什么?"伊丽丝坐到我旁边问。

"没说什么特别的。"我回答说,"有时候有点儿奇怪,当我告诉阿曼达有关泰赫迪宁老师的事情时,她会很快地改变话题。"

"阿曼达自己是不是也有点儿奇怪?"

"我一开始也是这么想的,但现在不这样想了。阿曼达是真的棒耶!"

"哦。耶!阿曼达!耶!像这样吗?"

"别开玩笑了。"

我没心情开玩笑,我也不想让伊丽丝再拿我的广播节目开玩笑。在电台广播中,我感觉自己变了一个人,变得更大胆、更有趣。在广播里,我说话又机智又快速。但当我和别人面对面的时候,我就会变得没有安全感,说话结结巴巴。没人看着我的时候,我说话流利多了。那时候,话似乎是自愿从嘴里出来的,我什么都不怕。而且,我想让伊丽丝忘记我在森林里说过的话。我想证明我也能认真地说话。生活和"耶!耶!"不一样。

伊丽丝把手伸进口袋,拿出来一板巧克力。她把巧克力掰成两半,把其中一半递给了我。我道了谢,把巧克力塞进嘴里。伊丽丝建议去河边,我认为这是个好主意,所以我们离开了校园。

一条河流过城市,许多桥横跨在上面。其中一座桥就是我在上课的时候声称背包掉下去的那一座。那是一座古老的花岗石桥,桥上有一条路和一条人行道。我们走到河对岸,躲进桥下狭窄的河堤。石板像一道弧形的墙,一直延伸到桥底。伊丽丝背靠在一堵石墙上,看着河流。

"你为什么离家出走?"她惊讶地问。

"我其实也不知道。"我坐在河堤上,双腿悬在河上说,"我没打算离家出走。但那天晚上,我和阿曼达一起站在黑暗的楼道里,我突然觉得我必须离开。"

"我也试过逃跑。"伊丽丝坐在我旁边说,"我厌倦了这一切。"

伊丽丝把一根干树枝扔进河里,树枝浮在水面上,我们静静地看着它摇晃。我等着伊丽丝继续往下说。

"我曾经去过学校校长麦基家里。"伊丽丝过了一会儿说道,"我坐在桌子前的椅子上,还没等我开口,他就递给我一碗水果糖,对我说学校里有我这样朝气蓬勃的学生真是太好了。他夸了我一会儿,然后走到门口,等待他的是一个六年级的男孩——他从学校的木工课上偷了一把锤子和一些钉子,然后把钉子钉在了老师的汽车轮胎上。麦基校长让那个男孩进来,笑着说:你以伊丽丝为榜样就不会有麻烦了。"

"也许你也应该试试用锤子和钉子。"

"是的。"伊丽丝笑着说道,"有一天,我给一个专门照顾孩子的地方打电话。我告诉接电话的那个人,我想搬到我自己的家,一所漂亮的房子。那个人说,我应该和我的父母谈谈这样的事情。我试图解释说,我无法和他们谈论这样的事情,即使现在是白天,他们也在睡觉,其他人也没办法和他们说话。但那个人不得不挂断电话,因为有另一个电话打进来了。他叹了口气说,电话响了,希望我加油。"

"那你接下来怎么做的?"

"我收拾好背包,决定逃跑。但是我晚上出去的时候,天很冷,下着瓢泼大雨,我不知道我能去哪里,所以我又回到了屋里。我为了离开攒了一瓶子钱,至少有五十元。第二天我去看了电影,给自己买了一本《哈利·波特》和这条围巾。"伊丽丝边说边捏着她蓝色的围巾。

"我从来没有自己的存款。"我说着向河里扔了一块石头,"爸爸留给我的钱通常只够买食物和卫生纸。"

"你怎么会被留下来?他死了吗?"

"没有。他一般会躺在沙发上或者出差。"

"那不带你一起去吗?"

"不会。"我答道。我把一切都告诉了伊丽丝。

我讲了我的爸爸离开的两种方式,以及我的妈妈在我出生后就消失了。每当我想问爸爸关于妈妈的事时,爸爸总是转过身去,说妈妈不见了,从来没有说过更多。我还说了,我有时候会想,如果我知道妈妈长什么样子该多好。她长什么样,喜欢什么,她的笑声听起来像什么。我还讲了我床下的报纸,以及和那有关的一切。我还讲了,当老师在班上讲话使用"我们"时,我感到多么舒服。最后,我还讲了"世界边缘"的故事。我讲了阿曼达的事情,还有阿曼达的猫和乌鸦,还有那个快把我压死的纸箱。

"你真幸运。"伊丽丝在我讲完后说道,"阿曼达的房子听起来像天堂。我有时梦想我能像费多尔大叔那样,和一只猫、一只狗住在自己的房子里。"

"是啊。我就是不知道我能在那里住多久。"

"你爸爸回来你就回家吗?"

"爸爸已经回来了。"我叹了口气说,"爸爸正在找我,至少我认为是这样,因为他在到处张贴寻人启事。"

"哇!"伊丽丝深吸一口气,睁大眼睛看着我,"竟然有你的寻人启事?就像哈利·波特的教父小天狼星·布莱克,他从阿兹卡班监狱逃了出来。你也可以一样出名!"

"真有趣。"我哼了一声,"你一直只谈论书的内容,就好像生活就像书中的那样。"

"对不起,我不是故意要这样的。"

"没什么。"我平静地说。我身体前倾,这样我就能看到水中膝盖的倒影了,"我希望知道爸爸要做什么。"

我们静静地坐了一会儿。我身体前倾,看着水往下流。伊丽丝向后一靠,抬头看着弯曲的桥底。风把河堤上的枯叶吹到水里,空气变凉了。我把热气哈到我的手上,伊丽丝把围巾紧紧地裹在自己身上。她建议继续我们的行程。于是我们从桥下爬上去,沿着河岸向前走。走了一会儿,伊丽丝突然不知道从哪儿冒出来一个新想法。

"我们也许可以监视你的爸爸。"

"哦,那有什么好处呢?"

"我们可以弄清楚他打算干什么,他会待在家里还是会再去别的地方。"

"没用的。"我摇着头说,"只要爸爸在,我就不会靠近萨维路。"

"我可以一个人去。"伊丽丝兴奋地说,"你爸爸不认识我,不会引起任何怀疑。"

起初,我觉得这个想法很傻,但慢慢地,伊丽丝的热情感染了我。我意识到这一天是多么美好,阳光从光秃秃的树枝中间照进河里,河面上倒映着树干,像一幅画。早晨已经开始结霜了,大地冻得更厉害了,冻僵的树叶在鞋子下面识趣地咔嚓作响。我们来到火车道上,很快就到了一个安静的小站。我们决定到那儿去暖和一会儿。我和伊丽丝穿过空荡荡的车站大厅,注意到角落里有一台自助照相机,我们可以花 8 欧元拍 4 张黑白照片。伊丽丝从口袋里掏出一堆硬币。

"我有 12 欧元。我们照张相吧。"

"你确定吗?"我问,"你可以用这些钱买很多书。图书馆走廊里的旧书卖得很便宜。"

"我知道,走吧。"伊丽丝说服了我,然后她突然抓住我的手,吓了我一跳,"没关系,我很快又会存这么多钱的。"

我和伊丽丝挤进了摄影亭,每人单独拍了一张,又一起拍了两

张合影,一张是睁着眼睛照的,一张是闭着眼睛照的。伊丽丝将照片折叠成四部分,用指甲压实折痕,然后小心翼翼地把照片撕开分给我。我有一张伊丽丝的照片,伊丽丝有一张我的照片,我们每个人都有一张合影,我的那张是闭着眼睛的。

20　伊丽丝监视

"我不往前走了。"我在萨维路的尽头说道。我向伊丽丝准确地指明了我家的方位。

"明白。"伊丽丝说完把她的背包递给我,因为我们是从学校直接来到萨维路的。

伊丽丝向着我家的方向跑了几步,回身向我挥了挥手。伊丽丝走后,我溜进了隔壁房子的门廊。我坐在两个垃圾桶之间,把背包放到我的脚边。我想要思考一些别的事情,把时间花在设计新的广播节目上。我从背包里拿出数学本,开始列出我认为波波夫电台的听众感兴趣的话题:电影、足球、动物、哈利·波特……我通读了一遍清单,然后咬着笔头思考。我得决定波波夫电台未来的方向。它会成为一个娱乐节目吗?在节目里轻松地聊一聊或者讨论严肃的问题?他们会放松吗?还是严肃的问题也会在那里得到解决?听众是否想要逃离现实,或需要一条通往现实的道路,了解世界上发生的一切?最后,我决定不把全世界的烦恼都压在他们的脖子上,而是说些能让他们高兴、让他们能笑得出来的话。

我在小本子上写道:波波夫电台讲述世界上最糟糕的笑话。这个标题使我咯咯地笑出了声音,这个节目会很有趣。我把笔按在纸上继续写,但我没有想到任何笑话,好的不好的都没想到。我的脑子里一片空白。我意识到自己不会开玩笑,从来都不会。这时我想起了阿曼达的话——你知道他们想什么,被遗忘的阿尔弗雷德。我怎么知道呢?我不可能知道。但后来我意识到,阿曼达的意思是我可以谈论我自己想听的事情。我想要快乐还是知识呢?答案很明确,我想要快乐和知识!

我把讲笑话的标题画掉了,重新开始策划。写了一会儿之后,我被旁边的沙沙声吵到了。我提起背包,下面什么都没有,但我随后感到我的手被碰了一下,并注意到一个苍白的嘴从我的背包口露出来。我惊恐地跳了起来。饼干屑被这个东西的胡子夹住了,它显然是在我的午餐袋底部找到了一块饼干。我把背包倒过来,开始摇晃它。书和笔记本都掉在了地上,但这家伙用爪子紧紧地抓着背包的边缘。

"那只是一只老鼠。"声音从身后传来,"它得吃东西。如果没有受到威胁,它什么也不会做。我在家里的地下室里经常看到老鼠,没什么大不了的。"

我转过身,发现伊丽丝回来了。老鼠跳到地上,迅速地逃走了。

"怎么样?"我迫不及待地问道。

"收拾一下你的东西,我们走吧。"伊丽丝说着,抓起了她的背包。

我收拾好自己的东西,伊丽丝拉着我的衣袖来到大门走廊的入口处。伊丽丝朝两个方向瞥了一眼,发现没有任何可疑的迹象,就跑着离开了萨维路。我急忙追在她后面。

"你见到我爸爸了吗?"我走到她跟前问道。

"见到了。我们找个能静下来聊天儿的地方吧。"

"去哪里?"

"去哪儿都行,或者去你那儿。"

听了伊丽丝的话,我停下脚步。你那儿,也就是我那儿。我一想到有一个地方可以称为"你那儿",也就是"我那儿",就感觉很奇怪。又一次,一个词揭示了我的不确定性,以及人们对事物的不同看法。对于一个人来说的"你",可能对于另一个人来说不是"我"。

"我真的不知道。"我犹豫了一下,停了下来,"我还没问阿曼达我能不能带客人去。"

伊丽丝已经跑到我前面了。她停下来,转过身来看着我。

"那你就得问了。"伊丽丝说道。一切听起来那么轻松,让人无言以对,"与此同时,我在某个地方等着。如果我能去,我就去;如果我不能去,我就不去。这还不清楚吗?"

"好吧。"我只好答应,然后走到伊丽丝面前,"但你不能告诉任何人阿曼达住在哪里。你能答应我吗?"

"我保证。我们现在就走吧!"

我们使劲跑着,什么话也没说。我一直在想阿曼达会怎么回答。如果阿曼达不让伊丽丝来,阿曼达的房子就不是我的家,而只是我临时住的地方,一个不久我就要离开的收容所。但如果阿曼达的回答是肯定的,我想事情会好起来的,至少现在是这样。在棚屋路的尽头,我停下来,让自己的呼吸稳定一下。

"剩下的路我一个人走。"我看着伊丽丝说,"在阿曼达同意之前,你必须在这里等着。"

"好吧,看起来挺吓人的。"伊丽丝说着眨眨眼睛,指着那个灰色的金属棚屋,"那是谁弄的?"

我顺着伊丽丝指的方向看去,发现其中一间棚屋的墙上出现了一幅画。画上面有三个字的外围飞溅出红色颜料,像鲜血一样。

"亚斯波。"我看到了这三个字。

"这些是后来画的。"伊丽丝说,"那天早上还没有。"

"看,那里还有。"伊丽丝指着下一个棚屋说。

第二个标签也是类似的:三个黑色的、流着血的字。棚屋路出现了涂鸦,这很奇怪。走在这条路上的时候我从来没有碰到过任何人。我没有看到有人的迹象,没有垃圾,甚至没有鞋印。然而,我当时没有时间去想它,更重要的是我想知道伊丽丝在萨维路上发现了什么。我想尽快赶到"世界边缘"。

"闭上眼睛,开始数数吧。"我对伊丽丝说,"当你数到 100 的时候,你就可以睁开眼睛了,这样我就来得及离开了。"

"我一定要站在这里吗?"伊丽丝厌恶地咧着嘴问道,"如果这些涂鸦是一个疯子画的,等会儿他回来了怎么办?"

"他不会来的。如果是为了玩耍,没有人想再来一次这样的地方。"我说道,"等我一会儿!"

伊丽丝闭上眼睛开始数数。当我跑过棚屋路的时候,我注意到墙上有更多类似的涂鸦,但我不能待在那里研究它们。我走到草地的另一边时,回头看了看,但没有看到棚屋路的另一端——伊丽丝一直在那里等着。我放慢了速度,从云杉栅栏的缝隙里溜进了苹果园。

"伊丽丝是谁？"阿曼达问道。

"伊丽丝·桑塔宁。"

阿曼达重复道："桑塔宁，被遗忘的伊丽丝，对吗？"我点点头，说伊丽丝有爸爸的消息，然后我快速讲了我们是如何认识彼此的。当我提到伊丽丝裤腿口露出的羊毛袜子时，阿曼达大笑起来。

"你的眼睛真尖。"阿曼达最后说道，"那么，让她进来吧！你没发现外面在下雨吗？你的朋友不会想在雨夹雪中等太久的。"

我谢过阿曼达，跑向伊丽丝。伊丽丝环抱双臂在原地跳跃着，想让自己暖和一些。

"你终于来了！"她看见我时叫道，"我还以为你待在屋里喝咖啡，把我忘在这儿了呢。"

"我不喝咖啡。走吧。"我突然感到异常自信。我很快就能给伊丽丝看一件一夜之间改变了我生活的东西。

穿过云杉栅栏后，伊丽丝停在了小路上。她惊奇地环顾四周。树木只有光秃秃的枝干，地面是黑棕色的，空气因雨夹雪而变得黏稠。

"太美了！"伊丽丝陶醉地小声说，并不理会在泥泞的院子里盘旋着的潮湿灰暗的秋天气息。

"我以前从没见过这么多苹果树！"

"几乎每棵树都是不同的品种。阿曼达可以告诉你关于这些树的更多信息。"我激动地说道,然后朝树后隐约可见的房子走去,"顺便说一下,那棵树干几乎都弯到地上的老树叫安东诺夫卡。"

"下午好!"伊丽丝向树致意,并在树前深深鞠躬。

"下午好,下午好。"我用手捂着嘴低声说着,仿佛我是那棵老树。

伊丽丝笑了起来,轻轻推了推我的胳膊。我们跑了一段距离来到门廊,脱下满是泥浆的鞋,头发也湿漉漉的。我们推门走进房间。阿曼达靠在烤箱前,把木柴推进烤炉。她甚至都没看我们一眼,我猜她认为伊丽丝应该先安静地四处看看。胡维图斯从苹果筐里轻轻地跳到地板上,在伊丽丝面前伸展开来。伊丽丝弯下腰去抚摸胡维图斯,于是胡维图斯用它的脸颊在伊丽丝的手臂上磨蹭,最后靠在了伊丽丝的脚上。

"它是胡维图斯。那边柜子上的是哈拉莫夫斯基,是著名的波洛温卡家族的后代。"我指着那只趴在假发上的乌鸦说道。

伊丽丝看着哈拉莫夫斯基,站了起来。阿曼达关上烤箱门,来到我们身边。

"所以,你就是伊丽丝。"阿曼达说着向伊丽丝伸出了手,"欢迎。我是阿曼达,阿尔弗雷德的朋友。另外,波洛温卡是一个苹果品种,绝不是一个高贵的家族,即使这种鸟有时表现得像一个更优秀

的种群。"

"你好！"伊丽丝欢快地握着阿曼达的手。

"现在把湿外套脱下来，拿去烘干吧。"阿曼达催促道，并把胡维图斯从伊丽丝的脚上抱起来。

我们把外套挂在靠近烤箱的椅子上，然后坐在桌子旁。阿曼达把新鲜出炉的烤苹果派和两杯果汁端到桌子上。伊丽丝迫不及待地给自己切了一大块派，用勺子往嘴里送。我激动地等待着伊丽丝的消息，完全没有心情吃苹果派。

"好了，说吧。"我催促道，"发生什么了？"

伊丽丝看了一眼阿曼达，然后又疑惑地看了看我。

"嗯，我想我还有其他事情要做。"阿曼达大声说道，她双手叉腰，从桌子边站起来，"你们两个慢慢聊。"

"不，别走！"我喊道，然后转头看向伊丽丝，"你可以在阿曼达面前告诉我一切，她已经知道了我爸爸的很多事。"

阿曼达扬起眉毛，依次看向我们。伊丽丝点了点头。阿曼达给自己倒了一杯咖啡，然后回到桌子边坐下来。伊丽丝开始讲述在萨维路发生的事情。

伊丽丝按了门铃。爸爸猛地把门打开。

爸爸：什么！没人和你一起吗？

爸爸见来人是伊丽丝，就打算把门关上。伊丽丝把腿卡在了房门那儿。

伊丽丝：下午好！我来自盖洛普民调办公室，我们正在进行一项调查，了解人们的出行方式。

爸爸瞪着伊丽丝，什么也没说。伊丽丝注意到走廊地板上有一个打开的行李箱，于是指着它。

伊丽丝:您应该喜欢旅行。

与此同时,伊丽丝向公寓里窥视,注意到一个棕色的厚纸板筒靠在大厅的墙上。

爸爸:我喜欢什么,关别人什么事。

伊丽丝:我刚说过,我是盖洛普民调的。

爸爸:从来没有让一个小家伙来做民调的。你想要什么?是钱吗?

伊丽丝:嗯,也需要一点儿,能给一点儿也不错。我们学校也想通过民调为贫困儿童的夏令营筹款。

爸爸想把门关上,但是伊丽丝的腿挡在那儿。伊丽丝开始问题轰炸。爸爸别无选择,只能回答。

伊丽丝:您最近去了哪里?

爸爸:西班牙。

伊丽丝:您在那里做了什么?

爸爸:出差。

伊丽丝:您接下来要去哪里?

爸爸:不关你的事。

伊丽丝:那么,您打算什么时候离开?

爸爸:好吧,当全世界的民调都不再打扰我的时候。

伊丽丝:您是和家人一起去还是自己去?

爸爸：民调够了！再见！

爸爸试图把伊丽丝推到一边。楼下传来脚步声，一个女人腋下夹着一卷纸板走上来，纸板和爸爸放在门厅的一样。伊丽丝偷偷躲在门后。这个女人没有注意到伊丽丝。女人把纸板卷递给爸爸，开始低声说话。

女人：现在东西在这儿了。我之前来不了，是因为我必须得确保颜料已经干了。

爸爸想说点儿什么，但这时那个女人要说的太多了。她开始匆忙地解释精美的颜色、精湛的做工，还有一个与真品丝毫不差的签名……最后，爸爸打断了她。

爸爸：现在闭嘴！

伊丽丝从门后走出来，递给爸爸一张纸条。

伊丽丝：所有的受访者都会收到一张彩票作为奖励。这个纸条上有你的彩票号码。谢谢，再见！

阿曼达笑了起来，直到她看见伊丽丝表情的时候停了下来。伊丽丝静静地盯着她的手，看起来很痛苦。"你处理得很好。"阿曼达称赞道，她想鼓励伊丽丝。

"其实我没有做好。"伊丽丝说，"我原本在家里做好了彩票，但当我注意到阿尔弗雷德爸爸手里的那张纸时，我发现我不小心把纸条给错了。"

"啊,怎么错了？"我问。

"我给成了你的照片,我们在车站拍的那张。"伊丽丝回答说,然后她开始咬自己大拇指的指甲,"我试图解释说我给错了票,但你爸爸看起来很生气,我不敢留在那儿。"

伊丽丝盯着桌子,咽了口唾沫。

"真是个大错误。"她低声说,"我真的很抱歉。"

"没什么。"我安慰道,"我想爸爸会忘记那张照片,忘记整件事。"

"但问题是它不仅仅是一张照片。"伊丽丝突然说道。她说自己经常去拍照片,并且习惯于在当天拍的照片后面写一些相关的文字。在我的照片后面,她写了：阿尔弗雷德,波波夫电台主持人,3点播出。

"天哪！"我喊道,"如果爸爸察觉到事情的真相怎么办？"

我用余光看到阿曼达正在偷偷地把她的手放到耳朵上,伊丽丝就在她的耳朵边。我咽回要叹的气,因为我没有告诉伊丽丝关于阿曼达耳朵的任何事情,我不想让阿曼达因为我而陷入尴尬的境地。

"现在不用担心。"阿曼达捋着耳朵上的头发,打断了我的话,"因为人们口袋里的所有东西最终都会被扔进垃圾桶。我们看看吧。"

阿曼达从口袋里掏出一块手帕放在桌子上,上面有干树叶、猫毛、润喉糖和一支铅笔。

"好吧,现在至少我知道爸爸又要走了。"我试图让自己听起来更勇敢一些,"谢谢你帮我弄清楚,伊丽丝。"

伊丽丝看起来心情平复了,然后说了些其他的事。当时,伊丽丝走下楼梯,砰的一声关上了楼道门。声音弄得很大,肯定会传到楼上。但是她其实一直待在楼道里,没有出去。等爸爸和那女人进屋后,她又偷偷溜了回来,把耳朵贴在门上。爸爸和那个女人在门厅说得太激烈了,以至于伊丽丝听到了一部分。那女人说,画画可以赚很多钱,不会有人产生任何怀疑。这时,爸爸发现纸板卷非常适合放在瑜伽垫包里。女人又回答说,瑜伽现在非常受欢迎,没有人会怀疑爸爸带上飞机的包。之后,他们走到离门远的地方了,伊丽丝只听出了几个城市的名字:马德里、上海、迪拜。

"我爸爸不会做什么蠢事吧?"我问。

阿曼达说:"根据伊丽丝的说法,你爸爸好像有什么要隐瞒的事。你们两个最好小心点儿。"

伊丽丝抚摸着爬进她怀里的胡维图斯,说她该回家了。胡维图斯用头蹭着伊丽丝的肚子,好像在安慰她。我们说话的时候,哈拉莫夫斯基正安静地趴在柜子顶上。它在自己的窝里翻找了一会儿,从它的宝贝中叼起一柄歪歪扭扭的茶匙,丢在伊丽丝面前的桌子上。"它们喜欢你,就像喜欢阿尔弗雷德一样。"阿曼达说,"动物能感知到谁是它们的朋友。"

伊丽丝转动着手中的茶匙,微微笑着。外面天已经黑了。阿曼达说她可以一边送伊丽丝回家,一边分发报纸。因为棚屋路附近的环境在夜里很不友好,所以在那之前,伊丽丝可以在这里休息。伊丽丝对这个提议很满意,她在"世界边缘"度过了这个夜晚。

我们做了学校作业,然后懒洋洋地躺在烤箱前的地板上和胡维图斯玩。阿曼达在衣柜里找到了另一张吊床,挂在阁楼里我的吊床旁边。伊丽丝一躺到吊床上就睡着了。我又熬了一会儿才关了手电筒,正要闭上眼睛,梯子咯吱响了,阿曼达正在朝阁楼里看。

"我早上忘记把这些给你了。"她低声说着,把两个信封放在栏杆旁边,"给波波夫电台的信。"

21 波波夫电台为被遗忘的
孩子献上美食小贴士

嘿,这里是波波夫电台,还是我,阿尔弗雷德,这个节目的主持人。关于今晚的话题,我们要感谢九岁的听众阿布迪,他给我们邮寄了信件。此时,大家最好带上笔和纸,因为它们很快会被用到。好的!每个人手里都有笔了吗?阿布迪写道:

嘿!阿尔弗雷德!我的小妹妹萨拉非常喜欢意大利面,但现在她厌倦了番茄酱,她不想在吃意大利面时加番茄酱,我也不知道该怎么吃了。妈妈说意大利面不能单独吃,因为它只是小麦粉做的。你能告诉我吃意大利面还可以放什么吗?还得是四欧元能买到的东西,因为妈妈通常只给我们留这么多钱。

我们厨房的橱柜里有足够的意大利面。有一次,我花三包的钱买了五包。但是吃意大利面还可以放点儿什么,让萨拉不至于饿死呢?萨拉有时候挺烦人的。我早上给她穿上连体裤和橡胶靴,把她硬塞进儿童推车送到幼儿园后,她会叫我傻子。但我还是不想让她饿死。她长大一些后一定会变好。如果我不给她吃的东西,她就永远不会长大,只会变成一个瘦弱的小人儿。

九岁的阿布迪·卡拉姆

谢谢你的来信,阿布迪!波波夫电台的其他听众当然也会对这个话题感兴趣。我以前吃得最多的就是意大利面配酸黄瓜。这很容易——煮好意大利面,打开酸黄瓜罐。但我仍然不推荐这样做。我的情况和萨拉一样。酸黄瓜开始从我的耳朵里冒出来,我再也吃不下了。是的,我不能忍受酸黄瓜,所以我一点儿也不想念酸黄瓜。我代表阿布迪向一个明白没有人能永远吃酸黄瓜或番茄酱的人寻求了帮助。她擅长用苹果做美食,但她也知道很多其他蔬菜的做法,尤其是豆类和卷心菜。我从她那儿得到了一份制作意大利面酱的烹饪方法,这一份足够四个人吃。如果两个人吃饭,可以把一半放入冰箱,第二天再在煎锅中加热。如果你一个人吃,这个量足够吃四天。亲爱的听众们,接下来就是波波夫电台"豆酱意大利面"的介绍!

豆酱意大利面分为两部分:意大利面和豆酱。每个人都知道意大利面——小麦粉,它本身一点儿都不好吃。制作豆酱需要一罐番茄块、一小袋青豆和两把菠菜。你也可以加入其他蔬菜,甚至是洋葱或胡萝卜——如果你在家里能找到的话。此外,少量食用油、一撮盐和少许胡椒粉以及罗勒或欧芹等调料也需要用到。先在锅里把水烧开，把意大利面扔进去煮熟；加热煎锅并将油倒在锅里，但注意不要将油溅到裸露的皮肤上；将青豆和番茄块放入煎锅中，直至煮沸；把蔬菜切碎放进煎锅里翻炒，用盐、胡椒粉和调味草调味，然后煮一段时间。这时你可以倒出煮意大利面的水，小心别让意大利面滑进下水道，那就什么都没的吃了。

作为额外的福利，还有一份甜点制作方法：奥尔加的苹果甜点。它好吃到令人惊叹，而且很容易做。为了这道美味，你需要4个大的或6个小的苹果、0.3克燕麦片、100克植物黄油、0.1克红糖，以及上面要放的香草冰淇淋。先将烤箱加热至225度，并在模具上抹上油；把苹果切成片，堆在模具底部；将燕麦片、油和糖混合成糊，倒在苹果片上；把烤盘推入烤箱，烤至棕色。从烤箱中取出时，一定要用隔热垫垫着。要趁热和冰淇淋一起吃。如果你不喜欢苹果，你可以只烤燕麦片糊，然后和冰淇淋一起吃。

四欧元应该够你做豆酱了。如果有东西打折，可能还会剩下些钱。调料也可以从邻居那里借。你只需按下门铃，说你的盐或胡椒粉用完了，然后把一个空杯子塞进邻居的手里。如果有豆酱可以留到第二天吃，就可以省下第二天的饭钱，用在苹果甜点的食材上。有时你甚至可以完全不吃豆酱，做两份奥尔加的苹果甜点。

这里是波波夫电台！

22　秘密会议

一个星期后,秋天开始消退了。空气凛冽,闻起来像冬天。太阳在云杉篱笆后面像一个淡黄色的球,若隐若现。地面冻僵了,草地上的树叶结了霜,看上去就像蘸了糖的巧克力片。阿曼达让我帮忙把树上最后的苹果摘下来,以免它们冻伤。阿曼达用苹果采摘器够苹果,我则爬到采摘器够不到的地方。哈拉莫夫斯基从一棵树飞到另一棵树,边叫边在树枝上寻找被遗漏的苹果。有时它会把苹果从树枝上敲下来,然后我在下面接住。胡维图斯看上去有些冷,蜷缩在树下的苹果筐里。我跳到那成簇的叶子上,让叶子在猫的耳朵那儿沙沙作响,猫就会从筐里跳出来,用爪子扒拉着树叶。院子里有这么多有趣的东西,工作一点儿也不像工作。

工作结束后,阿曼达煮了一大锅番茄汤。为了让这从早上开始就飘荡在我周围的幸福持续得久一点儿,我吃得很慢。阿曼达则大口喝完了汤,然后走到床尾的屏风后面换衣服。吃完饭,我拿出一个黑色蜡皮笔记本,这是阿曼达看了我的数学笔记本后给我的新笔记本,以前的本上写满了广播节目的草稿。我在笔记本上写下新的想法,同时想着波波夫电台的听众都是谁。

"现在我们已经知道其中四个人的名字了。"说着,我把他们的名字写在笔记本上:维科、阿布迪、萨拉和伊——也就是伊丽丝。

"嗯。"阿曼达说着走到镜子前面。

"还缺两个人的名字。一个是躲在树林里的男孩,一个是被锁在白砖房里的女孩。"

"嗯。"阿曼达抬起头,在镜子前捋了捋头发。

阿曼达穿着一条瘦瘦的黑色裤子和一件宽松的黑色毛衣,毛衣一直垂到大腿中部。她洗了头发,并把头发都梳理了一遍。她把竖起的头发捋下来,又戴上了深绿色的贝雷帽。阿曼达似乎正处在完全不同的世界,对我的话根本不在意。

"一只乌龟在天上飞。"

"是的,没错。"

"你根本没在听!"

"不是这样的。"阿曼达看都没看我就回答说,"我现在就在想你那儿缺了的两个名字。躲在树林里的男孩和被锁在白砖房里的女孩,他们都是严重的一类。你还想听什么?"

阿曼达应付完我之后快速捋了一下两鬓。

"我得去办事了。"她说完从镜子前走开,"我不在的时候,你负责照顾这个家。你需要在火炉里放一些木柴,确保墙壁暖和之前火不会熄灭。与此同时,你还得看着胡维图斯和哈拉莫夫斯基。"

"好吧。"我把下巴抵到手上,平静地说道。

阿曼达显然遇到了一些特别的事情,因为她通常连镜子都不怎么照。我的推断是,阿曼达被邀请参加一个派对,可能是圣诞派对。除了学校的圣诞派对和春季派对,我没参加过其他的派对。我有时会收到同学们的生日邀请,但我通常会找个借口不去参加。因为爸爸不在的时候,没有人可以给我钱买生日礼物,我不想空手去参加派对。以至于最后,没人愿意再给我打电话了。我猜他们认为我只是不喜欢派对,但实际上我经常梦想着去参加派对,尤其是闪着五彩缤纷的节日灯光、放着欢快的音乐以及摆满美味佳肴的大派对。

阿曼达从口袋里拿出胸针,把它别在毛衣上。我想看得更仔细一些,但就在这时,阿曼达用一件深灰色的羊毛披肩裹住了自己,把胸针藏在了里面。然后,她把脚塞进半高筒的黑靴子里,系好鞋带,一言不发地离开了。

阿曼达的秘密行动让我很困惑。她为什么不告诉我她要去哪里?我偷偷溜进门廊,看着阿曼达。当我看到她从云杉栅栏后消失时,我穿上外套,再次跟踪她。阿曼达匆匆离开了城市。我离她很远,即使她碰巧回头瞥一眼,也不会发现我。但阿曼达并没有转身,

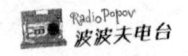

而是快步向前。她踏上了一条通往森林的土路，城市被她甩在身后。她在林中小路上走了一段之后，来到一条狭窄的小路。她的贝雷帽在树丛间若隐若现，我跑了几步，以免看不到她。这时我突然注意到树之间有一栋古老的红砖大楼。此时我们已经走了很长一段路了。大楼前面是一小片沙地，沙地尽头是一条通往森林的路。建筑物的墙面上有高大的拱形方窗作为点缀，中间是坚固的木质双扇门。阿曼达走过大门，来到大楼的另一头，从低矮的侧门进去了。

我站在沙地的边缘，环顾四周。院子里有几辆车，显然是从土路开过来的。这时，路上传来一辆汽车开过来的声音，我迅速躲到小路旁边的石头后面，在蓝莓树枝的掩护下偷偷观察。一辆明黄色的汽车开进了院子，司机是一个黑发女人。司机旁边坐着一位头发花白、留着胡子的老人。他们下了车，朝大楼走去。老人穿着黑色西装，女人穿着黑色及膝裙子和黑色皮夹克。他们和阿曼达进了同一扇门。

不久，周围开始出现更多的声音。有人骑自行车拐进院子，有人开车。我急忙退到树荫下，因为小路上也来了一个人。来的人在院子里互相问候后进到了屋里。当院子里空无一人的时候，我跑到大楼的墙边，溜到大楼的一角。我把砖头堆在窗户下的墙边，站在砖头上，往里面偷看。

一座高大的旧厂房在我面前展现开来,地面是石质的,一排灰色的横梁支撑着天花板。风把一扇破窗户上的枯叶吹到了大厅墙上。长凳和圆凳被搬到了大厅中央,大厅前面铺着厚厚的绿色地毯,上面有一个由木箱制成的演讲台。演讲台的后面挂着一张海报,上面画着一只猫头鹰。大厅里已经聚集了一些人。阿曼达独自坐在第一排,看着前方。我在院子里看到的那个老人和那个穿着黑色皮夹克的女人平静地向阿曼达走去。阿曼达听到他们的声音,站起来迎接。老人见到阿曼达很高兴,紧紧和她握手并拥抱。黑头发的女人也和阿曼达握了手。三人坐在第一排——老人在中间,阿曼达在他的右边,黑发女人在他的左边。

越来越多的人走进大厅,很快座位就坐满了。每个人都穿着黑色衣服,佩带着一些绿色的装饰——绿色的围巾、领带或皮带,绿色的袜子或鞋子,绿色的手提包等。大家落座关上门后,黑头发的女人从长凳上站起来,走向演讲台。她的耳朵上坠着大大的绿色耳环,她的嘴唇也被涂成同样的绿色。窗户底部没有玻璃,所以那个女人的讲话能传到外面。

"亲爱的朋友们,"这名女子笑着对观众说道,"欢迎来到伊瓦莉·魔勒火柴厂,该工厂二十年前就停止生产了。很高兴有这么多人来参加我们的年会。我先说几件基本的事情,因为据我所知,这次我们中有了新成员。"大厅里一阵骚动,人们四处张望,纷纷寻找新面孔。坐在大厅后面的一位年轻人从椅子上站起来微微欠了欠身,害羞地举起手,站在发言席上的女人则朝那个男人鼓励地点了点头。

"如你们所知,我们的运作完全基于志愿服务和信任。"她继续说,"我们的前辈很久以前就决定让我们的组织保持非正式模式运行,以确保我们的活动不向外人透露。这就是为什么我们没有组织一个正式的协会,没有主席或机构。实践已经证明了这个决定是正确的,我们没有理由改变它。"

大厅里传来一阵低语声,大家对此纷纷表示同意,直到坐在大厅中央的一个身材矮小的女人站起来。女人梳平头,有一对突出的大耳朵。

"我理解保密的必要性,但我想指出一件事。"平头女士说,"一个注册过的协会可以申请资助,用于我们的会员的培训和交流。我不认为在任何情况下都需要保密。"

平头女士说完后坐了下来。

"好主意,支持!"

"胡说八道!"

"注册将是对我们运营的致命打击!"

"看她的头!没有任何保护!"

有几个听众向高声反对的人鼓掌,一个人使劲地点头,另一个人则冷漠地耸了耸肩，还有的人在低声议论。最后，坐在前排的老人在椅子上转过身来，把手举到空中制止了那些大喊大叫的人，大厅里很快安静下来。

"谢谢你，塞巴斯蒂安。"黑发女人说着向老人点点头，"如果有必要，我们可以以后再讨论。不过，我想提醒大家，每个人都可以自己决定在必要的时候如何隐藏自己的耳朵。"

这位女士的话提醒了我，于是我仔细地观察起他们的耳朵来，有的人用帽子或围巾盖住耳朵，有的人把耳朵藏在浓密的头发里面，但他们的耳朵都隐约可见地特别大！

"好吧，那么我们可以继续了。"女人说，"每次年会结束后，我们都会选出下次会议的召集人，去年这个光荣的任务就落在了我身上。因为不是每个人都认识我，那我就简单介绍一下吧！"

这位女士停顿了一会儿，观众安静地等待着。

"我叫马科塔·梅彩布罗。"她继续说道，"我在图书馆工作，在那里我已经观察了生活在该地区的孩子们很多年了。然而，不幸的是，即使是在图书馆这个免费公共空间的最后堡垒，也不是所有的孩子都能享受到免费资源。即使在我们国家，也有孩子不知道图书馆一直是欢迎他们的。当然，图书馆只是众多让你观察和帮助孩子的场所之一，这一点在座的各位都很清楚。我想请下一位演讲者上台，他的思想和行动多年来激励了我们许多人。亲爱的朋友们，这个人就是塞巴斯蒂安·胡卡亚。在被遗忘的孩子面前,他的敏锐耳朵是工龄最久的。"

敏锐耳朵,我在脑海里默默地重复着。怪不得!所以他们的耳朵都那么大。我的心跳得更厉害了,我想知道更多!为了更清楚地看到大厅的前面,我踮起脚,把额头抵在窗户上。坐在阿曼达旁边的老人——塞巴斯蒂安·胡卡亚站了起来。当他走上演讲台时,人们开始疯狂地鼓掌。一些人通过喊叫表示欢迎,另一些人则跺着地板。塞巴斯蒂安把从他那破旧西装的口袋里露出来的绿色手帕拿了出来。

马科塔说:"我再说几句关于会议议程的话。塞巴斯蒂安的演讲之后会有颁奖仪式,我们每两年都会给突出的'敏锐耳朵'颁奖一次。颁奖结束后,是自由交谈的时间。在此期间,我们可以享受茶点,交换关于被遗忘孩子的信息。自由形式的信息交流对我们的工作非常重要,因此希望尽可能多的人能留下来。那么现在,塞巴斯蒂安,请吧!"

马科塔回到了她在第一排的位置。塞巴斯蒂安把眼镜戴在鼻子上,从口袋里拿出那张折了好几折的纸。

"女士们先生们,亲爱的敏锐耳朵们。"塞巴斯蒂安开始慢慢地打开折叠的纸张,"如你们所知,我们因一种罕见的能力而团结在一起。我们能听到被遗忘的孩子们的叹息。在这个房间里有不同职业的人、保安、园丁、汽车司机……他们有独特的机会帮助孩子,因为他们每天都会遇到很多孩子。没有人能怀疑他们,因为他们的工作并不是与孩子直接相关的。但我们中也有一些人会在工作中遇到孩子,比如老师、牙医、法官……他们必须特别小心,因为他们工作时不能超出自己的职责范围。因此,我们在获取信息时必须耐心和谨慎。我们不能随时随地见面,这就是我们每年都会在一个偏僻的地方聚会的原因。我们的着装要求是黑色和绿色,这确保我们可以相认并相互信任。很高兴看到每个人都在认真遵守这一要求。所以现在我想感谢所有这些年来一直保守秘密的人。"

人们再次鼓掌,塞巴斯蒂安沉默了一会儿。我朝大厅里看了看,塞巴斯蒂安又继续说了。这时我注意到,大厅后面的门开了,一个身穿黑色衣服、头戴帽子、围着绿围巾的男人走了进来。那人悄悄走到后排,坐在长凳的一头。他转过身来和邻座的人打招呼,这时我恰好能看到他的正脸。我惊讶地认出了那个人,他是泰赫迪宁老师!最近发生的事情开始在我的脑海涌现,排列成某种模糊的队列。现在我明白了,为什么泰赫迪宁老师会让我去仓库,为什么在爸爸来学校后我们教室的位置换了。那是因为,泰赫迪宁老师知道我是谁!

我在雷鸣般的掌声中回过神来。塞巴斯蒂安的演讲结束了,他回到了自己的位子。马科塔又回到了演讲台。

"亲爱的朋友们！"马科塔说，"我们邀请各成员出席会议，并就今年的'敏锐耳朵奖章'获得者征求意见。奖品一如既往，是一枚银色猫头鹰徽章。猫头鹰的听觉比许多鸟类都要敏锐，而且它拍打翅膀时是无声的，这使它在捕食时不引起其他动物注意。这就是为什么猫头鹰，更确切地说是适应恶劣条件的猫头鹰——雪鸮，被选为我们的象征。"

马科塔停了一会儿，看着观众。大厅里，人们挥舞着画有猫头鹰的牌子，部分观众发出了激动的惊呼。

"我们收到了很多好的建议。"尖叫声平息后，马科塔继续说道，"这次得到认可的是我们之前的一个获奖者。她是一个活生生的例子，展示了一个被遗忘的孩子如何成长为一个帮助他人的人。多年来，她以新颖大胆的方式给孩子们带来了欢乐，并设法保守我

们的秘密。欢迎阿曼达·莱赫蒂玛雅。"

我捏紧窗台，喘着粗气。阿曼达也因为我的参与而得到了回报！羊毛袜子，三明治，苹果……离开前，她在毛衣上佩戴的徽章是"敏锐耳朵奖章"，一只银色猫头鹰。同样的标志，泰赫迪宁老师包上也有！我开始感到虚弱，世界开始在我眼前旋转，我的耳朵嗡嗡作响，最后，我发出了一声深深的、冗长的叹息。

大厅里一阵骚动。人们困惑地环顾四周，摸着耳朵。有些人站起来，开始不安地移动。大厅里充满窃窃私语和喊叫声。我躲在自己藏身的地方全神贯注地盯着与会者。他们的耳朵伸出来，开始像饥饿的小动物一样抖动。我看见阿曼达向前走了两步，皱着眉头看向大厅。马科塔拍打着双手，以引起人们的注意。

"别担心，亲爱的朋友们！"马科塔在喧闹声中喊道。她双手把耳朵压在头发里面："你们的耳朵一定感知到了什么东西。这可能只是这场庆祝带来的集体情感爆发。冷静！冷静！坐下来，让我们继续！"

是我的错，我蹲在窗户后面。我的脚从砖头上滑了下来，我的头直直地摔到地上。我侧着身子躺在砖头堆边。我希望自己可以像雾一样蒸发到空气中，在没有人注意到的情况下飞走。但我没有消失。我躺在地上，无助得像一只仰面摔倒的甲虫，我听到了沙沙的脚步声。

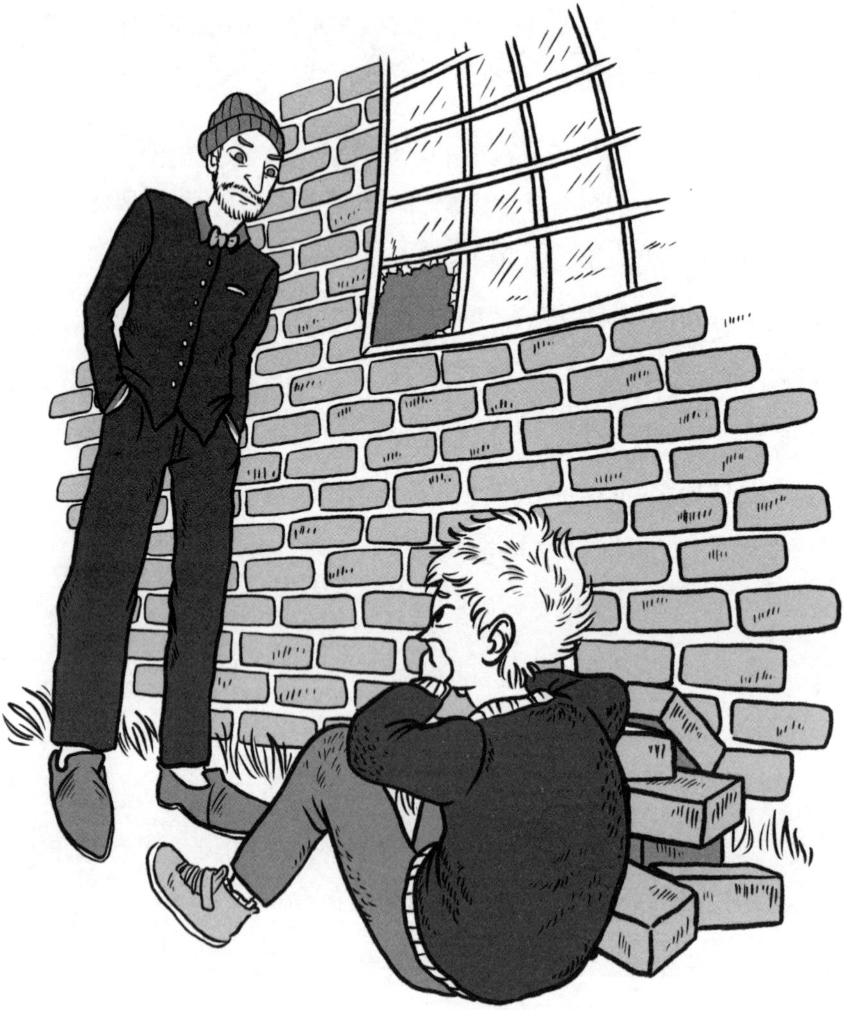

23　泰赫迪宁接走了我

"哦,是你。我应该猜到的。"一个熟悉的声音在我身边响起。

我抬起头,发现泰赫迪宁老师站在一堵砖墙前。

泰赫迪宁老师说:"我们最好在有人来之前离开。"他朝停车场点了点头。

我站了起来,感觉到膝盖一阵剧痛,那是因为刚才膝盖磕到了石头上。泰赫迪宁老师扶我起来,揽着我的肩膀走到车那里,好像怕我逃跑似的。他打开车门,让我坐到前座,然后弯下身子,抓起铺在后座上的毯子塞进我的怀里。

"压低身子,用毯子盖住自己。我很快就回来。"我挤进车座前面的空间,拉上毯子盖住自己。

泰赫迪宁老师砰地关上车门,朝会场的方向走去。我的膝盖很疼,但我不敢动。我不知道接下来会发生什么。也许我会被拖到大厅,在人们面前被处置,然后阿曼达会为我感到羞耻,绝对再也不想看到我出现在她的家里了。

过了一会儿,驾驶座那边的车门打开了,泰赫迪宁老师坐在了我旁边。我从毯子的一角看到他换到空挡,松开手刹。然而,他没有发动汽车,而是下车,抓住门框把车往前推。他时不时地转动方向盘,调整方向。直到汽车驶到森林里的路上,工厂的大楼已经看不见了,也肯定没有人能听到我们的声音了,他才跳回车里,发动了引擎。

"你可以出来了。"泰赫迪宁老师说着,一边用左手握住方向盘,一边用右手把毯子从我头上拿走。

"你去哪儿了?"我蹲在座位前面问道,"你刚才不是去揭发我吗?"

"我去告诉马科塔——就是你从窗户看到的那个黑发女人,我说我在院子里转了转,没有发现任何异常。"泰赫迪宁老师说着加大了油门,"你的叹息使人们一时间陷入惊慌,但情况似乎又得到了控制。"

"他们怎么样……我看见他们……"

"就像你当时看到的,耳朵们已经醒了。"泰赫迪宁老师把头靠在座位的头枕上继续说道,"不用担心,当叹息的发出者不在附近时,耳朵就会平静下来了。"

我点了点头,什么都没说。我的眼睛盯着那条车缓缓驶过的道路。我很清楚泰赫迪宁老师说的叹息的发出者是什么意思。我的脑海里回想起大厅里耳朵不安地动着、努力地寻找着什么的画面,但这一次我不想知道更多了。我只想远离大厅,远离所有抖动的耳朵。

"我们要去哪儿?"

"我带你回家。"

"回家?"

"是的,去阿曼达那里。"泰赫迪宁老师补充道,同时加大了油门,"她不是还住在那个通风很好的老别墅里吗?"

"是的。但你怎么知道的?你去过那里吗?"

"去过一次,不过已经是很久之前了。"

"所以你认识阿曼达。"

泰赫迪宁老师回答说:"我们彼此不太了解。我们是两年前认识的,当时我给她颁发了一个猫头鹰徽章。在那次会议之后,阿曼达邀请塞巴斯蒂安和我去家里共进晚餐。"

"你在阿曼达之前拿到了猫头鹰徽章吗?"

"是的,很奇怪吧。"泰赫迪宁老师耸耸肩说,"阿曼达本可以比我更早获得徽章,但在这个圈子里也存在着不必要的竞争。我们当中有老师认为这是我们这个职业得到认可的时候了,所以他们决定给我投票,因为我在教师中帮助被遗忘孩子的时间最长。我反对他们,因为我们的原则一直是不让个人的背景影响我们的决定。但他们坚持自己的想法。"

"阿曼达告诉你我住在她那里了吗？"

"不，阿曼达不知道我是你的老师。"泰赫迪宁老师说着，在拐弯处放慢了速度。

"你知道吗？我跟她说起过你。我说过，你的名字叫泰赫迪宁，你的公文包上有猫头鹰徽章，而且你总是戴着一顶无檐帽。"我边解释边瞥了一眼坐在我旁边的泰赫迪宁老师，"现在我明白你为什么把耳朵藏在里面了。"

"嗯，那就清楚了。"泰赫迪宁老师笑了笑，过了一会儿接着说道，"我遇到阿曼达时还在另一所学校工作。我是在阿曼达获奖之后不久才开始现在的工作的，就是你上一年级的那个冬天。"

"所以当我告诉阿曼达你是如何把我关在学校仓库里的时候，她没有怀疑任何事情。"

泰赫迪宁老师扬起眉毛说："对不起，我当时没有想到其他的地方。根据你的叹息，我推断出你家里不是一切都好。当我看到你爸爸走进校园时，我突然觉得你应该藏起来。"

天已经开始暗下来了，森林里的道路上没有路灯。树木遮蔽着路边，就像黑压压的天鹅绒窗帘。泰赫迪宁老师默默地盯着前方，很快就把车转向了一条大路。迎面而来的汽车灯光扫过沉默的我们。

"所以你知道我是……那样的人。"

泰赫迪宁老师说道:"好吧,我有敏锐耳朵。是的,我注意到了你。根据你的地址,我以为你住在阿曼达的配送区。但因为我和阿曼达没有太多的联系,所以我不能直接问她。直到我读到你在写作课上描写的院子里的环境,我才知道你和阿曼达有关系……让我脸颊发痒的云杉栅栏,友好的钩形苹果树,微风中被吹折的野花……"

"……在一座浆果色房子的墙上。"我补充道。

"是的,那一带再没有类似的房子了。"

"我听到塞巴斯蒂安说,你们必须秘密行动。阿曼达因为我惹上麻烦了吗?"

"阿曼达带你回家住的时候冒了很大的风险。你必须对今晚知道的一切保守秘密。你不能把你听到的和看到的告诉任何人,对你的新朋友也不行。"

"她叫伊丽丝。"

"我知道。"

"伊丽丝是……"

"我知道。"

"伊丽丝的爸爸妈妈……"

"我知道,我听说过。"

我在角落里对着泰赫迪宁老师做出一个沮丧的表情。他似乎什么都知道。阿曼达呢?她能想到是我引起的混乱吗?

"阿曼达猜得到是我在窗户后面吗?"

"当然猜得到。"泰赫迪宁老师说,"即使在梦里也能感觉到一个熟悉孩子的叹息。当我走进去的时候,在熙熙攘攘的人群中,我低声对她说我会带你走。我想让她享受这个夜晚。发放猫头鹰徽章至少和接受它一样重要。"

"如果有人知道了怎么办?"

"好问题。"泰赫迪宁老师说,"如果阿曼达被发现了,她的旧事很快就会被翻出来,塞巴斯蒂安可能要为她的过去负责。"

我问泰赫迪宁老师这话是什么意思,他没有回答。他打开车上的收音机,不再说什么了。收音机里播放着一首古老的流行乐曲,唱着关于星星①的歌。显然泰赫迪宁老师觉得这有些好笑,所以他把声音调得更大了,然后开始跟着哼唱起来。我们已经走到了棚屋路的尽头。车灯扫过小巷,把巷子两旁建筑物里带凹痕的金属板墙和脱落的油漆暴露出来。墙上那些讥讽的涂鸦再次让我想起了它们的存在。好像有人想通过这些涂鸦戏弄我,暗示他们曾经偷偷溜到附近。当泰赫迪宁老师把车开到棚屋路尽头的草地边上时,我发誓有一天我要找出那个乱涂乱画的人。

---

①泰赫迪宁(Tähtinen)一词在芬兰语中的意思与星星有关。

24 揭露秘密（二）

即使我说我自己可以，泰赫迪宁老师还是想亲自把我送回家。他似乎对阿曼达的房子很好奇。胡维图斯来到门口迎接我们。我们进到屋里的时候，哈拉莫夫斯基从壁橱顶上飞下来打招呼。

"啊，它们还活着。"泰赫迪宁老师挠着胡维图斯的下巴，礼貌地向哈拉莫夫斯基点头。

房子里的温度已经降下来了，是我的错。我违背了对阿曼达的承诺，火熄灭了。我急忙去点燃火炉，但我紧张得无法把火柴划着。泰赫迪宁老师来到我身边，问我他能不能试试。我如释重负地把火柴盒递给泰赫迪宁老师，他坐在火炉前，往那里添了更多的木柴。我无所事事地站着，直到我意识到泰赫迪宁老师现在是我的客人。我去把水烧开，在水槽里冲洗了两个杯子，把茶包放里面，然后把开水倒上。当木柴点着后，泰赫迪宁老师从火炉前面站起来，走到客厅的桌子前，开始研究桌子边上堆放的文件，眉头紧皱。

"上面有波波夫无线电发射机的图样。"我边说边把茶杯放在泰赫迪宁老师前面的桌子上。

"波波夫?"

"是的,一位俄罗斯物理学家,他认识阿曼达祖母的姑姑。"我解释道。同时,我觉得我可以告诉泰赫迪宁老师广播的事情,因为他现在对我有了更多的了解。

我讲了我找到无线电发射机以及我是如何突然变成一个"无线电声音"的故事。他聚精会神地听着,时不时摸摸下巴,间或难以置信地大笑起来。为了让他相信我告诉他的一切,我带他去了塔楼,并向他介绍了我的播音室。泰赫迪宁老师坐在无线电发射机前的木凳上,开始好奇地研究它。

"想想,"他敲着麦克风说,"这么旧的设备,还在用。你们是真正的行家!"

泰赫迪宁老师的赞美鼓舞了我,我想该轮到我去更多地了解他刚刚说的东西了。

"塞巴斯蒂安到底要隐瞒什么?"我问道,但泰赫迪宁老师继续研究无线电发射机,好像没有听到我的问题。

"你在路上说了。"我又试了一次,泰赫迪宁老师还是没有反应,所以我轻轻咳嗽以引起他的注意。最后,他把凳子往后挪了挪,打量着我,像在评估我是否值得信任。

"它其实不关你的事。但我想我现在可以告诉你,因为你已经

知道了其他秘密。"泰赫迪宁老师说着又揉了揉下巴,"我上次来这儿的时候听说的。阿曼达和塞巴斯蒂安告诉了我他们共同的过去。塞巴斯蒂安曾经向阿曼达透露过他耳朵的秘密,就像阿曼达也向你透露过她自己的一样。"

"这有什么关系?"我想知道,"难道不能把耳朵的秘密告诉另一个拥有敏锐耳朵的人吗？"

泰赫迪宁老师回答说："不是这样的。那时阿曼达还只是个孩子，孩子们通常还不知道自己有没有敏锐耳朵，只有长大后开始观察世界的时候，这种能力才会显露出来。嗯，就像我们现在说的拥有了新耳朵。"

"啊。"

"塞巴斯蒂安的职业是清扫工。他爬上屋顶，清理公寓的灰尘时得到了观察孩子们的生活的机会。一到屋顶上，他的耳朵就开始剧烈地抖动起来。你知道这意味着什么。"

"附近有被遗忘者。"

泰赫迪宁老师微笑着说："是的。塞巴斯蒂安注意到，从一个天窗里传出一声响亮的叹息声。他从打开的窗户往阁楼房间里偷看，看到一个女孩在那里，她看起来很孤独。"

"她是……"

"是阿曼达。"泰赫迪宁老师继续说，"阿曼达住在她亲戚家的阁楼上。在阿曼达的父母死后，他们不得不收养阿曼达，即便他们不愿意。她跟你说过她的父母吗？"

"没，什么也没说过。"

"他们死于一场车祸。真是一件令人伤心的事。他们还很年轻。"泰赫迪宁老师摇着头说道，"亲戚为阿曼达提供了住房和食物,但他们这么做只是因为他们收了阿曼达父母留下的照顾阿曼达的费用。他们对阿曼达很冷淡,就像对待陌生人一样。阿曼达住在阁楼上,不能参与家庭的日常生活。当塞巴斯蒂安发现阿曼达后,他开始晚上在屋顶上和阿曼达打招呼。他敲敲天窗,递给阿曼达装着饼干、水果或书的纸袋。阿曼达很喜欢阅读。"

"也许这些书就是我在我睡觉的阁楼里找到的那些书。"我突然很感兴趣地说,"它们都很老了。"

"这你得问阿曼达了。"泰赫迪宁老师说完又继续讲述阿曼达的故事。

塞巴斯蒂安通过他的关系网得知,阿曼达的祖母在城郊有一所老房子,房子已经空了很长时间了。让阿曼达住在阁楼的亲戚计划把房子和花园卖给一家建筑公司,这家公司可能会砍掉苹果树,在峡谷的边缘围起栅栏,在院子里建造可以俯瞰峡谷的高楼大厦。他们向所有人隐瞒了阿曼达才是这所房子的真正主人,连阿曼达自己也不知道。小时候,她曾到这所房子里拜访过祖母。但在祖母和自己的父母去世后,阿曼达以为房子已经被卖掉了。然后,塞巴斯蒂安证明了这所房子属于阿曼达,而且阿曼达的年龄已经足够大了,可以对她的财产的支配发表意见了。阿曼达听说后立即宣布她想住在那里,她满十六岁时就会搬到那里。塞巴斯蒂安答应帮助阿曼达,直到她能照顾好自己。

"现在我明白了。"我想起了阿曼达找到爸爸的寻人启事那天晚上说的话,"所以阿曼达是被遗忘者。"

泰赫迪宁老师说:"是的。但她并不需要太多帮助。她那个时候已经……"

"具有行动能力。"

"是的,你似乎也知道这些概念。"泰赫迪宁老师说着站起来走到窗口,"她很勇敢,也很有毅力,她决定把翻修苹果园作为自己的第一份工作。"

我走到泰赫迪宁老师旁边,从塔楼的窗口静静地望着外面昏暗的花园。光秃秃的苹果树的树梢在院子上形成了一个灰色的迷宫般的顶棚,防风灯的光透过顶棚缝隙若隐若现,在树木周围形成一层朦胧的淡黄色薄纱。鸫们跳上树,贪婪地啄着遗漏在树上的苹果。我们还在看着熙熙攘攘的鸫时,地板边传来了一个声音。

"塞巴斯蒂安也帮了我。"

我和泰赫迪宁老师朝声音传来的方向转过身去。我们进入塔楼房间的地板门是敞开着的,门口浮现出阿曼达的脸。原来是阿曼达回到了家,悄悄地爬上了塔楼。她爬上最后一级台阶,胡维图斯紧跟在后面。

"阿曼达!"我叫道。

"你走路那么安静,我们一点儿都没听见。"泰赫迪宁老师向阿

曼达走了几步,然后摊开双手。

阿曼达继续说:"塞巴斯蒂安帮忙修理了房子,清理了花园。苹果树已经好多年没有修剪了,古老的浆果灌木和花圃几乎都被草压得窒息了。几年后,苹果树和浆果丛又开始丰收了。有些树已经很老了,树干都已经弯到了地面上,鸟儿们都很乐意在它们身上筑巢。我们还种了新的苹果树幼苗,它们现在已经成年。这些树的产量很高,我开始把苹果卖给商人,其中有许多稀有品种……但你为什么坐在这冰冷的塔楼里?"

泰赫迪宁老师说:"阿尔弗雷德向我介绍了他的播音室。这绝对是一项伟大的发明!你可以再做个介绍,关于这个什么亚……"

"亚历山大·斯捷潘诺维奇·波波夫。"阿曼达和我同时十分肯定地说道。泰赫迪宁老师笑了起来。

"不下楼吃饭吗?"阿曼达说着转身走下楼梯。

在楼下,阿曼达把三明治和果汁端到桌子上。

"会议结束了?"泰赫迪宁老师问道。

"正式的会议结束了,但人们还待在那里,就像往常一样,吃茶点,听音乐,交换信息,晚些可能还会跳舞。我只是觉得我应该回家了。"

"没有我的话你就不需要回来了。"我看着自己的手,平静地说,"对不起,我毁了你的夜晚。"

"没有的事！你没有破坏任何东西！"

"是我破坏的！我一叹气,大家都吓坏了。"

"很快就过去了。"阿曼达笑着说,"马科塔的解释就像热粥里的黄油一样深入人心。"

"是集体情绪爆发了。"泰赫迪宁老师笑了起来,开心地晃了晃头。

泰赫迪宁老师和阿曼达开始大声笑起来。如果没有打断他们的话,他们可能会一直笑。

"但你还是可以留在那里的。"我坚持道。

"我干这行太久了,我已经看够了那样的聚会。"阿曼达说着,擦了擦笑出来的眼泪,"顺便说一句,我从来都不享受在拥挤的人群中待着。正如你刚刚听到的,我很小的时候就习惯了独立生活。"

"那么,住在这样的房子里是什么感觉呢?"泰赫迪宁老师问道,"或者,阿尔弗雷德,你是什么感觉呢?"

这个问题使我脸红了。我住在阿曼达的房子里,而阿曼达习惯了安静的生活。我把一切都搞砸了吗?我是不是抢走了阿曼达的独处空间,同时也给她夜间的救济之旅增加了困难?我抓起一个三明治,没有回答泰赫迪宁老师的问题。阿曼达看起来若有所思,最后转向泰赫迪宁老师。

"在我离开之前,我和评委塞尔玛说了几句话,"阿曼达平静地说,"他答应给我出主意。"

阿曼达用眼角瞟了我一眼,然后沉默不语。泰赫迪宁老师扬起眉毛,靠近阿曼达,接着对她低声说了些什么。

"啊哈,我明白了。"泰赫迪宁老师说完这句就不再问了。

我吃完了面包,又喝完了果汁。阿曼达和泰赫迪宁老师又开始谈论会议的事,我想我还是上床睡觉吧。我不想知道更多关于他们的秘密,今晚的事我已经让阿曼达很担心了。我爬上阁楼的吊床,读了一会儿书,眼皮就开始打架了。我闭上眼睛,安静的谈话和从下面传来的火焰的嗡嗡声把我很快就推进了柔软的睡眠中。

25　波波夫电台讲述
无线电波在太空中的旅行

晚上好！或者我想我应该说夜里好,因为现在是夜里。像往常一样,我们在这里相遇。我还是我,阿尔弗雷德,这个节目的主持人。今晚我没有做任何特别的节目,我只是想坐在这里,告诉你我在窗户外面看到了什么。你猜怎么着？没有摩天大楼,没有烟囱,也没有邻居的墙。我只看得到星星,它们无处不在：前面有,后面有,侧面也有。这个播音室的每面墙都有一个窗户,所以我实际上是坐在黑暗的夜空中。院子里的灯都关了,所以外面看不到灯光,所有的光都来自月亮和星星。然而,月亮的光只是它借来的。月亮像一面镜子,它反射了从地球的另一边探出头的太阳的光。所以月亮在晚上能看到我们看不到的东西：它看到了太阳。

这真是太奇妙了,我刚才在这台无线电发射机上说的每件事都发生在黑暗的夜晚。甚至是我说的话,这个,这个,它们像老鹰一样自由地在无线电波中飞翔。嗯,我好像忘了注意准确用语。乌鸦在窗户后面听着。当我说了一些它认为是错误的事情时,它会立即敲窗户。我想我应该说：像乌鸦一样自由。对，我猜对了！现在它在满意地点头。有时候它是很重要的，也许因为它有一个很棒的名字，背上有翅膀。但对我来说，有没有这些我都非常喜欢它。

　　如果能知道无线电波能传播多远就好了。它们会在路上待多久，会消失吗？如果有人在遥远的地方，甚至在另一个星球上，可以把无线电波变成声音，它能听到这个广播吗？这个节目能在另一个星球或一个完全不同的星系上被听到的想法是相当惊人的。想想看，如果每个孩子，整个宇宙的孩子，都能听到这个节目，并认为在遥远的某个地方，其他人也有同样的想法。如果这些同样的想法突然变成一根银线，在黑暗的夜晚发出明亮的光芒，还可以从两端缠绕卷起。当你从一端缠绕了所有能缠绕的线，拿着线球到达终点时，你会遇到另一个人——一个从另一端缠绕类似线球的人。

　　有时我也在想，如果所有来自地球的无线电波都在太空中同时被听到，太空中会有什么样的噪声呢？所有的演说、音乐、熙熙攘攘的交通声、风的嗡嗡声、鸟儿的鸣叫声，所有这些每天都通过无线电波广播出来。突然间，整个太空开始播放不同时间的声音，就好像所有时间同时存在。但实际上，太空总是安静的，因为太空把声音吞进了自己的空虚中。现在是结束这次广播最好的时刻，让这些声音，夜晚最后的话语，消失在群星之间，归于寂静。

26 爸爸的情况变得复杂

一天下午,我又和伊丽丝坐在河岸上。伊丽丝要求我一放学就去那里,她有些重要的事等不及要告诉我。我们一坐下,伊丽丝就把一张纸塞到我手里让我读。那是一份通知,要求提供一个未经授权的叫波波夫电台的信息。根据通知上的内容,电台只在晚上广播。它被描述为可疑的、有潜在危险的。通知上承诺,只要能找到线索,就能得到一笔丰厚的奖金。消息下方的联系信息是爸爸的电话号码。

我默默地盯着那张纸,不知道该说些什么。爸爸好像又跑起来了,不知道刹车。我把纸片捏得很紧,用力挤着,手都有些疼了。

"我猜是那张照片引起的麻烦。"伊丽丝咬着嘴唇说道,"是我太笨了。"

"爸爸似乎不会轻易放弃。你在哪里找到的这份通知?"

"萨维路上的一根电线杆上。我像阿曼达一样,把能找到的通知都撕了。"

河水看起来又黑又冷,它的黑暗蔓延到我的大脑,开始把我拉进它更黑更冷的深渊中。爸爸回家后,生活不知怎的,变得捉摸不定了。我必须时刻保持警惕,以免在街上遇到一些奇怪的通知。在"隐身"多年之后,我突然成了所有人目光的焦点:爸爸做了很多我的寻人启事,泰赫迪宁老师在上课时把我关到了仓库,哈拉莫夫斯基用它那双漆黑的眼睛盯着夜幕中广播的我,还有人在我上学路上的墙上画那些令人不安的涂鸦……这让我很恼火。现在,是的,也就是现在,我最好的朋友伊丽丝,开始插手我的事情。

"你去萨维路上做了什么?"

"我一直在观察。"

"你在监视我爸爸吗?"

"我只是在偷偷观察。很明显,你爸爸身上似乎有什么阴暗的东西。"

"是这样。"

"你不感兴趣吗?"

"不感兴趣。"

"一点儿都不感兴趣吗?"

我还没来得及回答,伊丽丝又问:"我发现那些通知后就跟踪了你爸爸。你不想听听我发现了什么吗?"

"好吧,那就告诉我。"我平静地说道。实际上我很生气,因为伊丽丝已经开始独自监视我爸爸了,就好像我自己没办法处理好自己的事情似的。

"好吧,听着。"伊丽丝开始讲。

地点:萨维路4号。

爸爸从家出来,走到公共汽车站。爸爸上车后,伊丽丝偷偷上车溜到了车厢后面。伊丽丝经过爸爸的时候把围巾拉到脸上,这样爸爸就认不出她了。爸爸在郊区下了车,那里有很多难看的储藏室。伊丽丝跟着爸爸走了一小段距离。爸爸走到一座低矮破旧的建筑前。建筑的墙上有一个牌子写着:无线电爱好者俱乐部。爸爸敲了敲门,一个披头散发、戴着多棱角大眼镜的女人打开了门。

爸爸:您好。我因为那个未经授权的无线电广播打过电话。

女人:那是什么?

爸爸:我想追踪一个可疑的电台。

女人:噢,噢,是它,是一些孩子的玩笑。进去吧!

爸爸进去后,女人关上了门。院子里有个木桶,伊丽丝躲在了木桶后面。伊丽丝等了又等。

爸爸出来离开后,伊丽丝从木桶后面走出来。她走到俱乐部门口,敲了敲门。女人打开了门。她身后是一间昏暗的房间,里面摆满了旧收音机和各式各样的坛坛罐罐。

伊丽丝：我想要一些旧收音机的资料。

女人：噢，今天的来访者够多了。通常都没人来的，或者只有一个人来。

伊丽丝：那个人想知道什么呢？

女人：问了一个广播电台的事情。

伊丽丝：他到底想知道什么？

女人：怎么追踪那个电台。他认为有危险。呵呵！那个电台是给孩子们办的东西。他说要付钱，所以我答应帮忙。呵呵！

伊丽丝：他还会回来吗？

女人：来，星期六早上。他想搜索那个电台的频率，然后收听。一些恶作剧而已。呵呵呵。

伊丽丝：呵呵呵！

女人嘴唇紧闭，然后一阵安静。伊丽丝意识到她犯了一个错误，她不应该模仿。女人严肃地看着伊丽丝。

女人：你还有什么想打听的？

伊丽丝：我只是……

那个女人砰的一声把门关上了。

伊丽丝说："看来下次波波夫电台的听众会比平时多。"

"哦,天哪,我现在到底在做什么?"

"也许下次你应该暂停。如果你爸爸听不到这个节目,他可能会认为照片背后的文字只是一些无稽之谈。就像'呵呵呵'说的,恶作剧而已。"

"我真的不知道该怎么办了。大家都在等广播。"我看着河水平静地说。

河面微微泛起涟漪,天空躲进云里,开始下雪了。大片大片的雪花落在河面,立刻融化在了水里。我看着水流,不知道该怎么办。是否应该立即停止,和波波夫电台说再见?是否应该把未来所有的广播节目都埋在初雪之下?

伊丽丝移了移位置,把围巾裹得更紧了:"想想,圣诞节马上就要到了。"伊丽丝苦恼地说道。

"是啊。"我笑着说道,想到了在阿曼达家的圣诞节,"圣诞节,我已经期待很久了。"

"我不期待。"伊丽丝叹了口气说,"我讨厌圣诞节。爸爸和妈妈每年都承诺今年我们将度过一个美好的圣诞节,但一切都会被毁掉。对他们来说最重要的是吃和喝,尤其是喝。去年,我收到了一件大约五岁孩子穿的睡衣作为圣诞礼物。"

"好吧,至少他们试过。"我安慰道。突然我有了一个主意:"你可以在圣诞节的时候来阿曼达家。你就跟家里说你学校有个集训营,或者你自愿出去帮一个老人遛狗。"

"整个圣诞节我都要遛狗,这个非常可信!"

"对,那就说你和那个老人待在一起。没有人能否认这一点。"

伊丽丝耸耸肩,茫然地盯着在河中缓慢向前摇摆的塑料袋,什么也没说。我开始紧张起来。为什么伊丽丝什么都不说?她认为我的提议很愚蠢吗,还是我伤害了她?也许伊丽丝想在家过圣诞节?

"阿曼达会怎么想?"伊丽丝终于问道。

"问问看!"我如释重负地叫了起来,"我们现在就去吧!"

伊丽丝一开始什么也没说。她皱起眉头,看起来好像在思考什么重要的事情。

"其他人呢?"她最后问道,眼睛没有离开河流。

"还有谁?"

"嗯,我们……"

伊丽丝沉默了,转向我。她看着我,眼睛闪闪发光,好像在等着我读懂她的想法,然后我们之间产生了一些奇怪的感觉,这种感觉一直传到我们的心底。那一刻,我知道伊丽丝在想什么,伊丽丝大概也知道我知道。就好像我们按照我想象中的方式行动一样,在我的想象中,思想变成了银色的线,就好像我们有一个共同的想法,但不说出来,好像说出来就会破坏和失去实现它的机会。

27 波波夫电台告诉你
晚上睡不着时该怎么办

嘿,你们这些夜猫子都在某个地方!这里是波波夫电台,我是阿尔弗雷德,本期节目的主持人,也是所有夜猫子的朋友!今天我想告诉你们,如果你们晚上睡不着觉该怎么办。你可能已经尝试过所有的办法:打开窗户,跳到窗前呼吸新鲜空气;喝一杯牛奶或吃一个三明治;或者吃半根酸黄瓜——如果你碰巧喜欢的话。

我个人最喜欢的是去年冬天开发的记忆游戏。这个游戏的目的是记住清单。首先呢,就是你要找到一些清单,最好是一些名字的清单,比如列出世界上所有首都的名字,甚至是猫科动物的名字或者自己学校老师的名字。不管什么名字,名字里有多少不同,你都能想出它们的记忆规则。例如:有多少国家的首都以"阿"开头,像阿姆斯特丹或阿布扎比;又或者《哈利·波特》书里有多少物品或者地方的名字。

当找到一个合适的清单后,你就从头读到尾,这样至少可以记住其中的一部分,然后闭上眼睛,回想一下清单上的内容。通常你

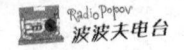

只能记住你已经知道的名字,也就是说,记住的不多,但这没关系。再读一遍,闭上眼睛,再试着记住这些名字。同时,发明记忆规则也是游戏的一部分。反复阅读和回忆,直到名字逐渐被记住。它会让你觉得,哇,我记住了!通常情况下,你会在记住清单中所有内容之前就睡着了,但这就是目的。你可以在第二天晚上继续记忆。

记忆是一种奇怪的东西。它能装下很多东西,不仅仅是地名,还有真实的地方,就好像有人把它们的副本放在了里面。例如,一所房子可以被准确地记住,以至于它可以穿透思想让你感觉身处一个真正的房子里,你可以走上正确的楼梯数,朝正确的方向转,在正确的地方找到电灯开关。例如,我清楚地记得我以前的房间和床的位置:打开单元门,上楼梯,打开家门,沿着门厅向前走两米,左转,打开房门进去,向前三步,再向右,坐在床的边缘,打开灯,手放在床下的一堆报纸前面。在我的记忆中,它一直存在,一个安静、昏暗的房间,里面有墨水和酸面包的味道。

今晚,可能会有知道这个地方的人,知道我以前的房间的人,在听这个节目。如果这个人现在碰巧想知道为什么我不在那里而是在这里,那么他就没有必要再想了。我只是碰巧现在在这里,而不在那里。不用担心我,我在这里过得很好。在不久后的一个晚上,我要从我以前的房间里拿一些东西,是一个文件夹,里面有我收集的重要事件的剪报。如果有人试图以任何方式阻止我再次离开,我所知道的就是波波夫电台正在注视着这个世界，听到人们各种各样的秘密，尤其是所有鲜为人知的包裹和旅行。

好了，下次再说吧！请继续关注！这里是波波夫电台！

28　未知的涂鸦

随着十二月的到来,越来越多的涂鸦出现在棚屋路上。似乎有人开始在那里消磨时光。我走在巷子里,虽然没有人来打扰我,但巷子的寂静和荒凉被打破却让我感到不安。这条小巷,连同草地和峡谷,在边缘处形成了一个保护区,让我在"世界边缘"里面感到很自由。在那里,忧虑显得更加遥远,仿佛星光将它们吞了进去。这就是为什么当我走在巷子里的时候,想到有人可能藏在屋子中间,想到也许他们从藏身之处看到了我,我就很难过。

一天早上,当我离开家去上学时,我注意到小巷尽头的棚屋墙上新添了一幅涂鸦。黑色的大字几乎覆盖了整面墙,鲜红的颜料从底部流到雪地上。这幅画从远处看起来很黑,当我走近看时,更黑了。墙上有用流血粉笔写着的令人尴尬的、有棱有角的"波波夫电台"。

我盯着涂鸦,愣在原地。它那可怕的力量使我的双脚无法移动。然而,最终我还是振作起来了,强迫自己移动。我跑到学校操场后立刻去找伊丽丝,她通常比其他人早到学校,因为她总是醒得很早。我痛苦地说着我看到的一切,但一开始,伊丽丝完全听不懂我混乱的讲话。

"呼吸一下,然后再说一次。"伊丽丝建议。

"那种涂鸦样子的……"我吸了一口气接着说道,"它,它被画在小巷的新涂鸦上,你永远不会猜到上面写了什么!"

"那就告诉我。"

"上面写着……波波夫电台!"

伊丽丝皱着眉头看着我,最后问我是否十分确定。伊丽丝想着我可能只是走在巷子里的时候想到了电台,所以在棚屋的墙上看到了不存在的东西。这种事情有时会发生,人们会看到他们经常想着的东西。然而,我很确定我看到了什么,我叫伊丽丝放学后来小巷里。当我们到达那里时,伊丽丝证实了我说的是实话,墙上写着血淋淋的大字:波波夫电台。

"噢天!是谁干的?"伊丽丝惊呆了。

"至少不是我。"我平静地说。

"也不是我。"伊丽丝喊道。她焦虑地看着我,好像害怕我怀疑她似的。

但这是一种徒劳的恐惧。我想起了我第一次把伊丽丝带到棚屋路的那一天,我第一次注意到那里有一个涂鸦。我还记得当时小巷里可怕的气氛是如何让伊丽丝紧张不安的。我确信她以前从未到过这里,所以不可能是她干的。根据笔迹,波波夫涂鸦的创作者和旧涂鸦的创作者是同一个人,伊丽丝也不可能这么做。"也许旧涂鸦'亚斯波'是名字的缩写,"伊丽丝解释道,"或者代表很多名字的缩写,亚娜、斯娜和波沃。"

伊丽丝的话很有道理。我沉思了片刻,脑子里浏览了一下我认识的人。然而,直到这些部件像铁路道岔一样突然卡入到位,我才想出这些字所指的人是谁。"你是对的!"我叫道,"它确实指的是名字,但不是做这些事情的人的名字。'亚斯波'是亚历山大·斯捷潘诺维奇·波波夫[①]的缩写!"

新的涂鸦出现之后,很明显以前的涂鸦也与波波夫电台有关。我们急切地想知道他们会做什么。我们没有把电台的事告诉外面的任何人。除了我们,只有阿曼达、泰赫迪宁老师和波波夫电台的听众——那些被遗忘的孩子知道这件事。阿曼达或泰赫迪宁老师会想破坏我们的电台吗?不,光是这样想就觉得很傻。

"还有一个人知道电台的事,"伊丽丝说着突然放低了声音,"你爸爸,也许他发现了你的播音室在哪里。"

"不,不可能是爸爸的。"我摇着头说。"涂鸦者肯定会在黑暗中

[①] 亚历山大·斯捷潘诺维奇·波波夫在芬兰语中的缩写见145页涂鸦。

行动,否则我早就看到他了。爸爸永远不会在黑暗中踏进这条石灰质的小巷,因为他讨厌黑暗和寒冷的地方。就算给他钱,他也不会偷偷溜进来的。"

"好吧,至少它现在需要被洗掉。"伊丽丝最后说。

我同意。我不希望任何人在看到涂鸦后开始询问波波夫电台是什么,所以我们别无选择,只能从阿曼达那里找来清洁工具,然后开始一份绝望的工作——从一个荒凉棚屋的凹陷墙壁上擦去粘得很牢的喷漆。

29 圣诞行动

几天过后,涂鸦又出现在同一个地方,甚至变得更加黑暗,看起来更血腥。我们也勇敢地把它洗掉了。但只过了几天时间,它就又出现在了棚屋的墙上。最后,我们再也无法对抗这个神秘的涂鸦者,我们试图忘记他。然而,他是谁?他想要什么?这种不确定让我感到心情沉重。我开始避免走在巷子里。白天,我不得不沿着这条路去上学。但到了深夜,我就不去那里了。

幸运的是,随着圣诞节的临近,我有了别的事情要考虑,因为现在是伊丽丝和我开始实施我们已经酝酿了一段时间的共同想法的时候了。我们互相承诺,无论发生什么,地震、飓风或者更激烈的事情,我们都会坚持到底。我们把我们的计划称为"圣诞行动"。这个想法很简单,但需要阿曼达的帮助才能实现。我们把这个计划告诉阿曼达时,她立刻兴奋起来,就好像这个主意一直在苹果园上空盘旋,正等着有人用苹果采摘器把它摘下来。然而,有一件事困扰着我。

"你确定这样的事情可以在这里发生吗？"一天晚上，我和阿曼达坐在客厅的桌子旁时，我问阿曼达。

"我当然确定。你为什么这么问？"

"我只是在想其他人……你在工厂里见到的那些人。"

"敏锐耳朵。"阿曼达说，"你不妨在这里大声说出来。这里没有诅咒。"

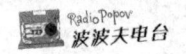

"但是如果他们中有人发现了我们的计划怎么办？我们要做的不是违反了敏锐耳朵的规定吗？"

"你什么时候开始关注规定了？"阿曼达笑着挑起了眉毛，"如果我没记错的话，你最近离家出走了，你还擅长伪造各种签名，更不用说在未经授权的窃听之旅中没能为这所房子供暖。"

"但这不是一回事。"我说，"我不用被迫和任何东西分开，但你会的。"

"我知道你在说什么，但我们不必跟任何人说起我的耳朵。我甚至可以这样把它们藏在我的帽子下面。"阿曼达说着，从衣架上抓起帽子，把它深深地扣在她的脑袋上，"而且，这是波波夫电台的行动。这与我的耳朵无关。"

阿曼达戴着一顶看起来很滑稽的帽子。但她说得没错，这次圣诞行动是由波波夫电台组织的，行动期间我们不需要提到阿曼达的耳朵。除了我，伊丽丝是唯一知道这个秘密的孩子。阿曼达终于向伊丽丝透露了她的秘密，伊丽丝也发誓要保守这个秘密。重要的是，我们得能确保没人在圣诞节的时候发出叹息。

现在，爸爸可能还有其他人——在棚屋路上逗留的人，都在收听波波夫电台，我们不能通过电台发出邀请。我们不想让外人知道这次行动，所以我们制作了纸质邀请函，并在晚上用报纸包裹着发给接收者——被遗忘的孩子。

欢迎与波波夫电台的人们一起庆祝圣诞节！庆祝活动在平安夜晚上11点开始。我们会在这之前来接你。你在前门或房间的窗户后面等着我们。来之前先打个盹儿，这样你就可以和我们一起狂欢一整晚。圣诞节预计会出现霜冻，所以穿暖和点儿。

致以最诚挚的问候。

波波夫电台

邀请函送出后，我们打扫了阿曼达的房子。但就像阿曼达说的，清洁不是圣诞节最重要的事情，所以打扫工作很快就完成了。哈拉莫夫斯基在房间里飞来飞去，用翅膀把橱柜、架子和灯上的灰尘都扫落下来。灰尘都掉下来之后，我推着长柄地刷在客厅里走来走去，刷毛上积满了碎屑和灰尘。伊丽丝跟在我身后踩着她脚下的湿抹布，像滑冰一样，把地板擦得干干净净。阿曼达把她散乱的东西收起来，最后因为找不到地方，只好将东西藏在了床底下。在这期间，胡维图斯悄悄捡起了从地板刷上掉下来的面包屑。

清扫工作并没有持续多久，我们很快就进入了行动的第二个重要阶段：做饭。这是最重要的，同时也是最困难的任务。阿曼达认为客人们最感兴趣的是甜点，所以我们决定专注于做好它。阿曼达说，她会在客人到来的前一天煮一大锅米粥和浆果，而我可以做其他美食。我们列了一张用品清单，阿曼达从橱柜里拿了面粉、糖、香料、糖浆、苹果和杏仁，一切可用的东西都拿了出来。我们连续烤了好几个晚上，以便把一切准备就绪。终于，我们可以开始准备圣诞树了。草地一侧的云杉栅栏旁长着小云杉苗，但阿曼达不想把它砍下来。在她看来，它应该像其他云杉一样，慢慢长成茂盛的大树。于是，我们把一棵准备在春天栽到院子里的苹果树苗从门廊搬到房间里。我们用银丝带、姜饼和报纸上剪下来的星星装饰它。我确保最激动人心的新闻都在这报纸做的星星里。这棵树苗又小又有趣，但就像阿曼达说的那样，这是一棵有个人特色的圣诞树。

30 告别

这天晚上,我们完成了圣诞节的准备工作后,我来到吊床上开始看书。当阿曼达出现在梯子顶上时,我正沉浸在书中,根本没有注意到她。

阿曼达说:"你还记得你在广播里宣布要去萨维路的事情吗?你说过要从那儿把你的东西拿回来,是吗?"

"我记得,但那没那么重要。"我拿着手里的书回答道,"我只是想戏弄一下我爸爸。"

"好吧。"阿曼达说,"但是今晚不就是得到你想要的东西的好时机吗?你可以和我一起送报纸。"

"为什么是现在?为什么不是在圣诞节之后呢?"我不解地问道。我之所以会在广播里说一些无关紧要的文件夹,是想暗示我知道一些我不应该知道的事情。

"这么说吧,这是圣诞礼物。"阿曼达神秘地回答道,"如果你在圣诞节前没收到,那就不是这样了。"

我不情愿地同意了阿曼达的建议,尽管我不明白她的意思。这得是一份多么好的礼物——让我去拿自己的一些东西,对我来说很重要的一些东西。但没有它们我也过得很好啊。

我们是下半夜出发的,霜冻变得更加严重了。阿曼达揉了揉胳膊,让它们暖和一些。而我没有感觉到冷,因为我的心跳很快,这让我得以保持温暖。

萨维路静悄悄的,整个房子就像在沉睡。在这个过程中,阿曼达透露了她想让我一起的原因:对她来说,是时候让我面对我爸爸了,我不能永远躲着他。她补充说,这对我们三个人都很重要。好吧,但我私下里希望爸爸不会因为门铃响而醒来,这样我就有理由推迟这次见面了。

当我们走到楼下的门口时,我的双腿僵住了,无法向前移动。阿曼达打开门,抓住我的手,稳稳地把我拉进黑暗的楼梯间。我们爬上楼梯,阿曼达像往常一样,把报纸分发到信箱口,之后在我们家门前停了下来。

"你准备好了吗?"她用鼓励的目光看着我问道。

我点了点头,感觉心跳到了喉咙,鲜血在我的血管里汩汩流淌,汗水顺着我的额头滴下来。

"你可能需要新鲜空气。"阿曼达说着,转身打开楼梯间的窗户,"好啦,透透气吧!"

但就在我们要继续向前的时候,门砰的一声打开了,爸爸冲到了走廊上。他手里拿着一个行李箱,肩上扛着一个细长的布袋。他砰地关上身后的门,想冲下楼。天太黑了,他踩到阿曼达的脚时才注意到我们。

"我的天哪!"爸爸喊道,向后一跳。

"晚上好。"阿曼达说,"我们好像来得刚好。"

"嗯,晚上好。"爸爸吃惊地说着,把行李箱扔在楼梯间。

阿曼达打开楼梯间的灯,回到我身边。爸爸眨了眨眼睛,有种焦虑、略带惊慌的神情。我什么也说不出来,什么也没做,只是站在那里,双手垂在身体两侧。对阿曼达来说,她似乎很放松。

"你一定有东西要给我们。"阿曼达友好地对爸爸说,"这是我们一周前商定好的。"

我惊讶地看着阿曼达。她只字不提她见过爸爸,也没提他们在背着我的情况下就某件事达成了一致意见。

"我很急,非常急。"爸爸匆忙地说道,"我的飞机马上就要起飞了。我没时间闲谈。"

阿曼达把我拉到她身边,堵住了爸爸的去路。晚风从敞开着的窗户吹进来,吹着爸爸的外套。那是一件夏天的外套。爸爸显然要去一个遥远的温暖的地方。爸爸正要说些什么,但他又闭上了嘴,从包的侧面口袋里掏出了一个信封。阿曼达平静地看着爸爸。爸爸

犹豫了一会儿把信封递给了阿曼达。

"我是想从机场把这些文件寄出去的。"与此同时,爸爸又抓起他的行李箱,看着我,"好了,让我离开这里吧。咳咳。"

"这封信要寄到哪个地址呢?"阿曼达用疑惑的语气问道,她把信封翻过来,上面什么也没有,"我记得我没有告诉你我的地址。我们说好我到这儿来拿的。"

我皱着眉头看着阿曼达。我还是不明白这到底是怎么回事,但阿曼达没有试图解释,而是紧紧地盯着爸爸。爸爸看起来很困惑,似乎他们正在谈论着一些他不明白的事情。阿曼达打开信封,拿出一沓纸翻了起来。

"这些都没有签名。"阿曼达说着,从口袋里掏出一支水笔,把文件还给了爸爸,"这次你得自己来。"

爸爸哼了一声,抓起文件。他盯着文件看了一会儿,但突然又把它们塞回信封里,然后他把拿着信封的手伸出窗外,开始轻轻笑了起来。风将信封吹得像船帆一样在空中摆动着,如果爸爸不抓紧它,它可能会飞走,消失在黑夜中。

"以前不需要这些文件。"爸爸看着我喃喃地说,"或者说,它们是必需的吗?没有它们,你们不是也过得很好吗?"

我摇了摇头,然后点了点头,不知道为什么。

"我非常理解,你现在不想留下任何关于你行动的痕迹。"阿曼达认真地说着,并将双臂交叉在胸前,"如果有人开始询问这些文件以及文件背后的事情,或者你包里装的是什么,他们就可能会发现一些会让你陷入困境的东西。我说得对吗?"

爸爸的表情闪过一丝严肃。他拿着信封的手还在外面,他准备让信封被冰冷的风吹走。但当我看向爸爸时,我不确定他是否真想这么做。我困惑地看着阿曼达,她平静地站在楼梯上,面对爸爸微笑着,似乎一切尽在掌握之中。

然后事情发生得非常快。阿曼达吹了两声口哨,从爸爸身后传来一阵响声。胡维图斯坐在窗户上。它弓起背部,尖叫着露出指甲,然后跳到爸爸的脖子上,把指甲掐进他的外套里。爸爸痛苦地尖叫着,想把猫赶走。我从未见过胡维图斯如此狂暴,如此声嘶力竭。与此同时,窗户里有什么黑黑的东西消失了。一阵沙沙声过后,信封又出现在了阿曼达的手里。那个黑影飞到我们面前,站在楼梯扶手上,是哈拉莫夫斯基从爸爸手里抢过了信封。

"谢谢你们,我的朋友。"阿曼达对那只猫和那只乌鸦说。原来它们一路默默跟着我们来到了萨维路。

"这些是什么?它们从哪里来的?"爸爸在楼梯上摇摇晃晃地叫着,"还会有更多吗?"

阿曼达说:"谁知道呢?像这样的冬天夜晚会发生各种各样的事情。"

"阿尔弗雷德,可以帮忙把窗户关上吗?这里开始变冷了。"

我从爸爸身边溜过去,把窗户关上。

"我们可以继续完成文件了吗?"阿曼达用一种既礼貌又苛刻的语气问道。

"好吧,好吧,只要你把那畜生赶走。"爸爸喊道。

阿曼达召唤胡维图斯,它立刻从爸爸的脖子上跳到行李箱上,前爪整齐地放在一起坐在那里,看起来像一只无辜善良的宠物猫。爸爸拿起文件,恐惧地用颤抖的手在文件的最后签上自己的名字,然后把文件递给阿曼达,她看起来很高兴。我突然开始生气,因为我不知道发生了什么,我终于找回了我说话的能力。

"有人能解释一下这是怎么回事吗?"

爸爸和阿曼达转头看着我,好像他们才想起我也在场。一时间,他们看上去就像盟友一样,对自己做的不为别人所知的事情感到惊讶。

"我很抱歉之前没有告诉你。"阿曼达说道,"你爸爸刚刚签署了一份文件,允许你在成年前和我一起生活。当然,如果你愿意。"然后一阵安静。我先看了看阿曼达,又看了看爸爸。

"这是真的吗?"我问。

爸爸点了点头,我注意到他的脸在颤抖。

"是的,我想……或者是这样……我们想,我和这个……"

"阿曼达。"我急忙接着爸爸的话说道,没让爸爸说出什么愚蠢的话。

"是的,阿曼达。"爸爸重复道,点了点头,"我们想,也许……也许你不应该总是一个人。"

爸爸沉默了,像换了双眼睛似的看了我一会儿,然后他把手放进口袋里,拿了钥匙交给我。

"你现在可以去拿你需要的东西了。"爸爸朝门口点点头说,"当然,你其他时间也可以去。"

我简直不敢相信自己的耳朵。不是"拿吧",而是"你"拿,也就是"我"拿。我花了一段时间才想明白接下来发生了什么。爸爸向前迈了一步,笨拙地向我伸出手。当爸爸弯下腰来拥抱我时,我感到一股大蒜和伯爵茶的味道扑鼻而来。只是一个简短的拥抱,爸爸在我的肩膀上快速拍了几下,但这些都不重要。重要的是爸爸暂时忘记了一切,只注意到了我。

31 孩子们抵达

平安夜前一整天都在下雪。晚上，地面上覆盖着厚厚的雪。苹果树的树枝被大雪压弯了，垂向地面。被遗漏的苹果在树干上戴了一个大大的有趣的雪帽。我们走在棚屋路上，阿曼达说今晚将会是一场真正的盛宴。在雪的覆盖之下，棚屋路看起来异常美丽和舒适。当我们经过最新的波波夫涂鸦时，我看向了另一边。我和伊丽丝已经懒得去清洗了，我不会让这些乱涂乱画毁了我期待已久的圣诞节。

我还在想着即将到来的晚上会发生什么的时候，阿曼达突然停了下来。她走了几步，来到小巷的边缘，双手举过头顶，看向棚屋中间。我朝同一个方向望去，问她看到了什么。阿曼达纹丝不动地站着，没有回答。过了一会儿，她转过身来，回到我身边。

"那里有什么？"我又问。

"没什么，只是……我的错觉。"我们继续赶路的时候，阿曼达嘟囔着，然后更大声地补充了一句，"这里真的很冷，还好伊丽丝留下照顾家了。"

伊丽丝留在了"世界边缘",看着火炉里熊熊燃烧的火焰,盯着胡维图斯和哈拉莫夫斯基,它们正不耐烦地围着食碗团团转。我们离开时,伊丽丝坐在桌旁指挥着乌鸦和猫。"哈拉莫夫斯基,去洗一洗你的指甲,现在是圣诞节了!""胡维图斯,把你的爪子从碗里拿出来!"

圣诞节那天没有报纸,所以我们不用带送报纸的手推车。顺序还是和以前一样,第一个目标:维科·贝托宁。当我们接近门口时,我开始兴奋起来。除了伊丽丝之外,我以前从未见过任何一个被遗忘者。他们在收音机里听到过我讲话,但我从来没有听到过他们的声音。我所知道的关于他们的一切都来自阿曼达说的话和他们的信。

阿曼达轻轻地敲了敲门。过了一会儿,门稍微打开了一点儿,男孩的脸从门缝露出来。

"你一定是维科。"阿曼达小声说。

男孩点点头,严肃地看着我们。

"很高兴认识你。我是阿曼达。这是阿尔弗雷德。"

维科又点了点头,从门缝中观察着我们。

"我们是接你去参加圣诞节聚会的人。"阿曼达继续说,"你准备好离开了吗?"

维科盯着我们看了一会儿，最后打开了门，这样我们就可以完全看到他了。他光着脚，穿着前襟有污渍的黄色睡衣，头发乱糟糟的，手里拎着一只灰色的袜子，袜子大脚趾的地方有个洞。

"你不能就这样离开。"阿曼达摇着头说，"外面很冷。你需要毛衣和夹克，还有袜子、棉帽和手套。我想你知道它们在哪儿吧？"

维科摇了摇头，仍然什么也没说。

"好吧，我们去找找吧。"阿曼达转身对我说，"阿尔弗雷德，你留在这里等着。如果有人来了，就说这里正在进行强制性的圣诞火灾检查，不得以任何方式打扰。"

阿曼达和维科一起进了公寓。门缝里传出阿曼达的轻声细语和衣服的窸窣声，很快阿曼达牵着维科回来了。维科身上裹着暖和的衣服，帽子和围巾太大了，显然他自己的衣服找不到了。阿曼达的另一只手上挂着一个透明塑料袋，里面装着皱巴巴的绿色苹果。

接下来是阿布迪·卡拉姆和萨拉·卡拉姆。他们已经穿着冬季外套在楼梯间等我们了。阿布迪穿着一件光滑的带领衬衫和干净的牛仔裤。他给妹妹穿了一件漂亮的浅蓝色卫衣,还给她精心梳了两个马尾辫。

"你们的衣服好漂亮。"阿曼达看着他们赞叹道。

阿布迪轻松地说:"妈妈说过,参加派对要穿得漂亮,即使衣服不好,你也不富有。我学会了洗衣服、缝补衣服和熨烫衣服。早上我总是给萨拉选干净的衣服,尽管有时候很难找到,因为萨拉是一个可怕的'混乱制造机'。"

"真的混乱。"萨拉说道。

阿布迪对他的小妹妹笑了笑,从楼梯上走下来。他向我伸出手说:"我是阿布迪。"

"阿尔弗雷德。"我抓住他的手回答。

"很高兴见到你。"阿布迪毫不害羞地说,同时背起了妹妹,"你的广播节目很有趣,每一期我都听了。"

"谢谢你。"我说。在阿布迪面前,我感到有些害羞和笨拙。

接下来,阿布迪把手伸向阿曼达。

"阿布迪。"他说完把妹妹背到合适的位置,"哦,对了,我背上的这只'鹦鹉'是萨拉。"

"背背的鹦鹉。"萨拉口齿不清地说道。

"很高兴见到你。"阿曼达说,她看了萨拉一眼,"你确定你能背得动她吗?"

"当然。我是萨拉的马。"

"萨拉的马,太棒了!"

走到街上,阿布迪转过身来,朝窗户挥了挥手。我注意到有一个人站在窗前挥手,我立刻跳到房子的墙边,紧贴在墙上。

"谁在那儿?"我紧张地小声说。

"是我们的妈妈。"阿布迪回答,再次挥手。

"她知道晚会的事吗?"

"知道。"阿布迪说道,"没什么特别的。对妈妈来说,这是个有趣的主意。我们出去聚会她就可以安心休息了。"

"我希望她没有你们也能行。"阿曼达说。

"她可以的。"阿布迪说,"我昨天和萨拉一起为妈妈烤了姜饼。而且,我没有把一切都告诉妈妈,比如,关于那些广播节目的事情我没有说过。我只是说一个熟人想为他的朋友们举办一个聚会。"

阿曼达称赞阿布迪很好地处理了家里的情况。之后,我们继续我们的旅程。我们不需要去伊丽丝家了,因为她已经在"世界边缘"。她在家里说要去养老院过圣诞节。伊丽丝的妈妈泪流满面,抽泣着说伊丽丝是个善良的女孩。伊丽丝的爸爸睡得很沉,伊丽丝也懒得叫醒他。我和伊丽丝互相认识之后,阿曼达已经不再在晚上给伊丽丝送惊喜了,因为伊丽丝已经开始在"世界边缘"度过越来越多的时间,在那里她可以想吃多少苹果和三明治就吃多少。

只剩下一个有时在树林里过夜的男孩和一个被锁在砖房里的女孩了。当我们接近男孩的家时,阿曼达放慢了脚步。她进到楼里,但很快就出来了,因为男孩不在那里。阿曼达沿着房子的墙边走,停在一扇有裂缝的窗户后面。她敲了敲窗户,小声地叫着,可是没有人回答。阿曼达皱着眉头回到我们身边,正想说点儿什么,突然有件事让她停住了。就在那时,我注意到她的耳朵醒了。幸好天黑,其他人并没有发现。阿曼达把帽子拉到耳朵下面,抬起手指。

"现在安静。"她低声说,"不要发出声音。"

"一点儿也不要!"萨拉尖叫道。

"嘘。"阿布迪发出嘘的声音。

"嘻。"萨拉模仿道。

"萨拉,你还记得石头游戏怎么玩吗?"阿布迪边低声说边带着妹妹走远了,"石头不会说话。你现在是一块石头,一块灰色的大石头。"

萨拉用手捂住嘴,在阿布迪的怀里咯咯地笑。阿布迪抱着萨拉走开,哄着她,试图让她保持安静。维科站在我旁边,目不转睛地盯着自己的鞋子,而我试着更近距离地看和听,希望能以某种方式帮助阿曼达。一开始周围很安静,后来我们身后传来一阵雪咯吱咯吱

的响声,有人问:

"你们是要接人去参加派对的吗?"

我们同时朝声音传来的方向转过身去。一个比我稍矮的瘦瘦的男孩站在我们面前。他把脸埋在条纹围巾里,严肃地看着我们。

"我在那个树林里等着。"男孩说,"在其他人蒸桑拿的时候,我溜到那儿了。我在厨房的桌子上留了张纸条,说我肚子疼。我把被子在床上团成一团。如果他们往房间里看,他们会以为我在睡觉。"

"你确定他们相信吗?"阿曼达问道。

"我确定。实际上,我经常肚子疼。"

"肚肚疼!肚肚疼!"萨拉尖叫。

"萨拉,现在安静!"阿布迪开始紧张起来。

"而且,我的继父只有在我不碍事的时候才很开心。"男孩说道,"继父心情好,妈妈就很满意。"

"听到这个消息我很难过。"阿曼达说道。

"这没什么好难过的。"男孩继续说,"当没有人找我的时候,我离开会更容易。这样会感到更自由。"

"我明白你的意思。我自己一个人在家的时候也偶尔会有这种感觉。"我说着走了出来,"我是阿尔弗雷德。你好。"

"你好。我是尼洛。"

"我是阿曼达。这是维科和阿布迪。阿布迪怀里的很小的一团是萨拉。"阿曼达说道,"那么接下来我们就可以前往最后一个目的地了。"

我们来到最后的目的地——白砖房。大门上挂着花花绿绿的圣诞灯和笨拙的天使挂件,楼梯上缀着明亮的电灯笼。阿曼达穿过雪地走到女孩窗户下面的栅栏前。我们其余的人跟在后面,把脚踩在阿曼达的冬靴踩出的坑里,这样我们就不会陷进厚厚的积雪里了。

"我们怎么把她弄下来?"我们到树下时,我问道。

"你一会儿就知道了。"阿曼达笑着,"我已经提前做了安排,希望能有所帮助。"

阿曼达说,她发现女孩的父母无法抗拒他们过去每年圣诞节都会去听的圣诞音乐会,所以她给他们寄了两张免费的音乐会门票,音乐会在午夜举行,地点在城市另一头的一座旧教堂里。这对父母似乎上钩了。房子里黑漆漆、静悄悄的,只有楼上女孩房间的窗户透着光亮。阿曼达从口袋里拿出一把螺丝刀,转向阿布迪。

"你能爬树吗?"阿曼达问道。

"我能。"阿布迪回答,"我能帮什么忙吗?"

"你拿着这把螺丝刀,跟着阿尔弗雷德爬上去,把那扇窗户前的铁栅栏拧下来。"阿曼达说道,"比起我,这棵树更能承受你的重量。"

我们准备爬上去,但还没等我们再往前走,空中就冒出了什么东西,摔在积雪上我们的脚印里。阿曼达弯下身子,把刚才挂在女孩窗前的铁栅栏从积雪里拿了起来。我抬头一看,发现一个高个儿女孩拿着一个扁平的小东西,坐在窗边看着我们。

"是一个发夹!"尼洛喊道,"它可以用来打开螺丝和锁。我用发夹闯入过仓库取暖。"

"真巧妙!"阿曼达赞叹地吸了口气,从阿布迪手里接过螺丝刀,"这看起来没用了。"

"发卡卡!"萨拉喊道。

"萨拉,别这样!"阿布迪叹了口气。

"非常不错,直接扔过了栅栏。"尼洛称赞道。

女孩仍然坐在窗边,神色迟疑。阿曼达意识到应该迅速采取行动,于是她走近栅栏对女孩喊道:"移到树枝那里,爬下来。你能做到的。"

女孩犹豫了一会儿,但最终开始慢慢抓住树枝。这个女孩似乎从来没有爬过树,我生怕她会掉到地上摔折脖子。但在某种巧妙的方式下,她终于到了树上。她抓住一根树枝,叉开腿朝树干爬。来到栅栏正上方的树干旁边后,女孩站了起来,对此所有人都大吃一惊。

"不,别起来!别松手!你会掉下去的!"阿曼达突然叫道。

但女孩不听。现在,她笔直地站在一根树枝上,然后不顾阿曼达的阻止,放开手跳了下来。当时没有人说话,甚至一直觉得所有事情都很有趣的萨拉也一声不吭。那个女孩已经跳过栅栏来到我们站的这一侧,现在正趴在雪堆上。阿曼达冲到女孩面前,弯腰查看。

"你还好吗?哪里疼吗?你能站起来吗?"阿曼达慌张地问道。

女孩没有动。几秒钟过去了,但什么也没有发生。终于,尼洛大声说出我们都担心的事情。

"也许她死了。"

"也许死了。"

然后女孩动了一下。起初她慢慢地用胳膊肘撑着地,然后跪坐着。她抖掉开衫上的雪,弯了弯修长的手指。

"啊,你吓到我们了。"阿曼达长出了口气,"是雪救了你。"

阿曼达站起来环顾四周,似乎要确保每个人都是安全的,然后开始活泼地交谈起来。

"我是阿曼达。这是阿尔弗雷德、维科、尼洛、阿布迪和萨拉。我们缺了一个人——伊丽丝,你很快就会见到她的。你叫什么名字?"

周围安静下来。每个人都期待地看着这个女孩。

"夏洛塔·莉塞特·里图沃利。"女孩喘着气说着,看起来似乎想收回她的话。

阿曼达热情地向女孩伸出了手:"我们可以叫你夏洛塔吗?"

夏洛塔点点头。阿曼达久久地握着夏洛塔的手,直到夏洛塔不再颤抖了。她扶着夏洛塔站起来后,我们的行程继续。

我们列队穿过白雪覆盖的寂静城市走向"世界边缘"。阿布迪和我走在前面,轮流抱着萨拉。我们身后是尼洛,他一路上踢着雪,吹着口哨。当我们到达棚屋路的尽头时,尼洛从我们身后跑了过来。

"这到底是什么地方?"尼洛好奇地问道。

"我把这儿叫作棚屋路。"我答道。我瞥了一眼我们刚经过的角落里的涂鸦,不想让任何人注意到它。

"棚屋路。"萨拉重复道。

"很好,萨拉,这一次你说对了!"阿布迪表扬道。

"是的。当词里面没有 s 或者 r 时,她就能说对。她还不怎么会说话,但她说对了'棚屋'。"尼洛说。

"没错,"阿布迪说,"你真细心。"

"谢谢你。"尼洛高兴地说,"以前没人这么说过我。"

"好了,现在有人说了。"阿布迪说着对尼洛笑了笑。

夏洛塔就在我们后面不远的地方。她得时不时停下来积蓄力量。离开自己房间的夏洛塔对在路上看到的一切事物都感到很新奇,她的腿都不怎么愿意走。阿曼达牵着维科的手走在最后,一路上一句话也没说。

我们到达时,伊丽丝跑到门廊上和我们撞了个正着。"阿尔弗雷德,快进来。"她大叫着抓住我的袖子。

"现在?"

"来!快!"

伊丽丝直接把我拉到客厅的桌子前。桌子上有张打开的报纸，因为要为聚会做准备，我还没有来得及看。伊丽丝指着开头的故事让我看。报纸上有一张古老的油画照片，上面的标题是：一则国际艺术品造假丑闻被揭露。据报道，几件据称由知名艺术家创作但后来被证明是赝品的作品最近在世界各地的艺术拍卖会上被交易。据专家称，造假者技术非常娴熟，只有实验室细致分析后才会发现这些是赝品。除了造假者之外，该报道称，这些骗局还涉及运送者，也就是那些把赝品从一个国家运到另一个国家的小罪犯。其中一名男子提着一个大行李箱，刚刚在机场被抓获。这个人只是一个小人物，一个误入歧途的人，但在他的帮助下，有可能追查到更大的罪犯。

"现在干什么？"尼洛问道，不耐烦地从我身后偷看。

"嘘。"伊丽丝发出嘘声，"让阿尔弗雷德看完。"

据该报报道，这名男子被捕时反抗激烈。他用布袋子乱摔乱打，在机场中间喊着各种话，但随后他平静下来。他被抓住后松了一口气，说这一切终于结束了，现在他只想休息。

看完报道，我有点儿怅惘地看着报纸。这个报道是关于我爸爸的，一个有两种状态的人出于某种原因的旅程，结束于世界的奇怪动荡之中。

32 派对

屋里温暖又明亮,散发着苹果和针叶树的香味。阿曼达把苹果放在了桌子上的一个大玻璃罐里。窗边的蜡烛燃烧着,圣诞树骄傲地站在客厅地板上的一个陶罐里,上面挂着银丝带和纸做的装饰品。

"这里真美啊!"阿布迪称赞道。

"美啊!"萨拉又在模仿她哥哥。

"我能做点儿什么吗?"阿布迪问道。

"谢谢你,阿布迪。"阿曼达说,"每个人都有很多事情可以做。你可以把碗放在桌子上,伊丽丝可以更换桌子上的蜡烛,然后把它们点燃。阿尔弗雷德可以把粥热一热。阿尔弗雷德,记得从底部开始搅拌。"

阿布迪把萨拉放到地板上,开始把水果碗、坚果碗和果酱罐搬到桌子上。伊丽丝挖出了桌子上旧黄铜烛台里的蜡烛残余,换上新的,重新点燃。胡维图斯嗅了嗅萨拉的脚趾,在萨拉试图抓住它的尾巴时迅速溜走了。

"喵!喵!"萨拉咯咯地笑着,在胡维图斯身后追着它。

尼洛在房子里转来转去,一边吹着口哨一边好奇地探索着各个地方。他爬上楼梯,从扶手那儿滑下来,爬上阁楼,从梯子上跳到椅子上,又从椅子上跳到地板上。他好像上了发条,一刻也停不下来。另一边,维科和夏洛塔似乎对一切都感到好奇,他们一时不知道该往哪边走,该站在哪里。维科最后坐在阿曼达的床上,羞怯地环顾着四周。夏洛塔则悄悄地沿着墙边走,时不时地抓住一个东西,在手里转动它,但很快就把它放回原位,就好像那东西烧伤了她的手一样。

"夏洛塔。"阿曼达边说边把羊毛围巾围到肩上,"你能到地窖来帮我吗?"

夏洛塔听到她自己的名字后吓了一跳。她靠在墙上,但最终还是乖乖地走到阿曼达身边。

"还有你,维科,"阿曼达说,"你可以帮忙摆餐具。阿尔弗雷德,告诉维科粥碗在哪儿。"

"我呢?"尼洛从阁楼里喊道。

"嗯,现在你正好在上面,你可以当侦察员,注意别让乌鸦和猫攻击食物。"

"明白,长官。"尼洛用手指点了下额头回答道。

阿曼达和夏洛塔去地窖,我开始热粥。这时,尼洛在阁楼的吊床上荡来荡去,眼睛盯着已经飞到阁楼栏杆上的哈拉莫夫斯基。另一边,萨拉在床下爬到胡维图斯后面,用她的小手去捉猫。过了一会儿,阿曼达和夏洛塔回来了,夏洛塔努力拖着装满果汁瓶和果酱罐的篮子,阿曼达则把瓶子搬到桌子上。

"里面是什么?"尼洛的声音是从上面传来的,这次是从哈拉莫夫斯基窝旁边的壁橱顶上传来的。

"苹果汁、苹果柠檬水、姜汁……"阿曼达说。

"我要汽水!"尼洛一边大叫,一边跳到地板上。

"我要一杯柠檬汁。"萨拉在床下尖叫。

"姜汁是最好的。"伊丽丝说。

"我想喝苹果汁。"阿布迪礼貌地说道。

最后,阿曼达把粥锅端到了桌子上,并打开了一个毛巾卷,里面有三个白天烤好的漂亮面包。她把面包放在桌子上,一头一个,中间一个。

"准备好了,开饭!"阿曼达说道。

我们选择座位时,阿曼达开始往碗里舀粥。阿布迪在周围放了肉桂和果酱罐。最后,每个人面前都有了热气腾腾的粥,杯子里也有了喝的。阿曼达举起杯子,但她还没来得及说什么,一件让我们都意想不到的事情发生了。

门廊上传来敲门声。这会儿有人进来了,向我们走近了,走廊沉重的脚步声气势汹汹地逼近客厅的门。我们不安地对视着。门口有人要把我们带走吗?派对还没开始就要结束了吗?那么接下来会发生什么呢?这会是波波夫电台和一切有趣的事情的终结吗?

　　突然,尼洛从桌子边站起来,冲出去关上了灯,黑暗的客厅里只剩下摇曳的蜡烛。一阵脚步声和一声巨响传来,尼洛不见了。随后,恐慌蔓延到其他人。我们从椅子上猛地站起来,撞在一起。汤匙在杯子上发出叮当的响声。有人的杯子掉了,果汁流淌在地板上。椅子摇晃着倒下去。客厅里一片混乱,圣诞节的气氛被破坏了。我在脑海中飞速闪过了所有藏身之处。不能去走廊,因为走廊里有人在等着我们。阁楼也不适合爬上去,因为不可能从那里逃走。塔也是一样,没有可以逃跑的路。最后,我蜷缩在水池边的角落里,打开了我头顶上的窗户。如果没有别的办法,我可以从窗户跳下去,藏在后院通向峡谷的边缘处。

最后,客厅的门咯吱响了,有人走了进来。我从藏身处小心翼翼地偷偷往门口看。门口出现一个黑影,他漫不经心地晃动着修长的手臂。客厅里很安静,没有一个人发出声音。

"即使是现在,"门口传来一阵低语,"这里都没有人吗?"

"这里有人。要是我知道他们都在哪儿就好了。"桌子那儿传来阿曼达的声音,"这里在玩一个我不知道的捉迷藏游戏。"

又传来了脚步声。阿曼达站起来,去打开了那盏吊灯。暖暖的灯光照亮了黑暗的房间,露出了我们躲藏的痕迹:椅子乱七八糟地散落在桌子周围,坚果碗倒在桌子上,有人的粥掉在了地板上,胡维图斯正在桌子下面静静地舔舐着粥。

"很高兴你能来。"阿曼达说。

我循声望去，门口站的人是泰赫迪宁老师。泰赫迪宁老师抖掉他夹克上的雪，然后解开扣子。

"谢谢你的邀请，"泰赫迪宁老师说道，"这让我非常高兴。我本来打算自己过圣诞节的，但突然有人敲我的窗户，是一只熟悉的乌鸦站在那里。我打开窗户时，哈拉莫夫斯基把邀请函丢在屋里就飞走了。"

泰赫迪宁老师环顾四周，发现阿布迪仍然坐在桌旁。阿布迪没有必要躲藏起来，因为他不是在"潜逃"。阿布迪和萨拉是被他们的妈妈允许来参加宴会的，所以他们不必担心会有人来带走他们。事实上，他们并没有像我们其他人那样被遗忘。在家里，他们从妈妈那里得到了足够的爱，但妈妈总是因为工作过于劳累而不能照顾他们。

"这里有很多熟人。"泰赫迪宁老师说着走到阿布迪那儿。

阿布迪高兴地站起来和老师打招呼。老师问阿布迪最近怎么样。从泰赫迪宁老师的话语中我了解到，泰赫迪宁老师之前在阿布迪所在的学校教书。那时阿布迪已经上一年级了，现在他和我一样上三年级。

"你妹妹在哪儿？"泰赫迪宁老师问阿布迪，"你不是有小妹妹吗？"

作为对泰赫迪宁老师问题的回应，萨拉从阿曼达床下撤了出来。她用两只手抓住了胡维图斯,固执地把它拖在身后。那只猫无奈地喵了一声,试图挣脱萨拉的手。

"萨拉,松手!"阿布迪喊道,"它是一只猫,不是玩具!"

"喵是玩具。"萨拉呼哧一声站了起来。

"好吧,孩子们!"阿曼达喊道,"捉迷藏的游戏结束了,来欢迎我们的新客人吧!"

我走出我的藏身处,来到泰赫迪宁老师近前。

"我们不知道那是你。"我难为情地解释道,并把手伸向泰赫迪宁老师,"不然我们也不会躲起来。"

"是啊,你怎么知道门后面是谁呢。"泰赫迪宁老师边说边坚定地握着我的手,"特别是在圣诞节。谁知道会有什么。"

其他人逐个从隐藏的地方冒出来。阿曼达床头的箱子盖打开了,尼洛跳了出来,绿色的卷尺和鞋带缠着他。伊丽丝从阿曼达的衣柜里走出来。维科从地毯下面爬出来。我们最终都坐回了桌边,但还有一个座位空着——夏洛塔失踪了。我们叫着她的名字在屋子里找她,最后尼洛在阁楼上找到了夏洛塔。她躺在吊床上兴奋地晃动着,阿曼达花了好一会儿才把她劝说下来。

大家又聚在一起准备回到餐桌时,泰赫迪宁老师咳嗽了一声以引起我们的注意。他说他要给我们一个惊喜,他希望我们会欢迎。泰赫迪宁老师走到门廊,回来的时候后面跟着一个看起来比我大几岁的女孩。

"这里还能再坐下一个客人吗？"泰赫迪宁老师说着，把手放在女孩的肩膀上，"这是乌妮，你们的邻居。"

乌妮甩开泰赫迪宁老师的手，从泰赫迪宁老师的阴影中走了出来，一脸挑衅的神情。她低下下巴，眼睛瞪着我们。她有一头浓密的红头发，脸颊上有一处蓝绿色的淤青，身上穿的白色连体服上有油漆渍。阿曼达起身离开桌子，到泰赫迪宁老师和乌妮那儿。

"邻居？"阿曼达好奇地看着那个女孩，"我不知道我们这么偏僻的地方还有邻居。"

"乌妮住在那条暗巷边的一个冷棚子里。"泰赫迪宁老师指着棚屋路的方向解释道。

泰赫迪宁老师给了乌妮一个询问的眼神，似乎在征求她的意见，看她是否愿意多说一些。但乌妮紧闭嘴唇，没有任何想要解释的意思。所以泰赫迪宁老师讲述了发生的事情。

泰赫迪宁老师把车停得很远，因为棚屋路上的雪还没有铲。他安静地走在巷子里，棚屋后面传来了刺耳的喊叫声和敲击声。他从巷子里走出来，朝发出声音的方向走去。他发现院子后面有一间破旧的棚子，那里亮着光。他偷看了一眼，发现地板上有个睡袋和野营用的炉子，棚顶挂着手电筒，衣服袋、食品袋和喷漆罐散落在地上。泰赫迪宁老师走了进去，他在房间的角落里发现了一个女孩。

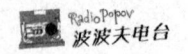

女孩踢了踢旧的收音机,对着它大声咆哮,那就是乌妮。当泰赫迪宁老师问乌妮为什么如此愤怒时,乌妮开始大喊大叫,她对泰赫迪宁老师的到来一点儿也不感到惊讶,她说她讨厌收音机。她讨厌它,因为它坏了。她恨它最重要的原因是它今晚刚刚坏掉。然后,她一怒之下抓起喷漆罐,把三个字喷在小屋的墙上:亚斯波。

"我知道那是什么意思!"伊丽丝喊道,"它的意思是亚历山大·斯捷潘诺维奇·波波夫。你在那些棚屋上也写了。"

"你偷了波波夫电台的标志吗?"尼洛把手深深地插在口袋里问道。

"这个标志不是任何人的财产。"乌妮用冷冰冰的语气回答,这是我们第一次听到她说话,"谁也不能有自己的专属字符。"

"但你还是偷了它们。"尼洛继续说道,他大胆地走到乌妮面前,"你本可以想出一些原创的东西。"

"没关系。"我说完走到其他人面前,"乌妮没说错,没人能拥有字符。"

乌妮看着我,愤怒地眯起眼睛,但她的神情看起来缓和了一些。也许她很开心我为她辩护,尽管她没有直接说出来。大家都一直看着乌妮,等着她说些什么。

"你是阿尔弗雷德?"乌妮问道。

"我是。你在听波波夫电台吗?"

"我在听。"乌妮回答。然后让所有人惊讶的是,她开始侃侃而谈,忘记了自己先前的疑虑。

乌妮说,她在棚屋路旁边的一个小棚里发现了一台能用的收音机。一天晚上,她偶然将它调到了波波夫电台的频率。从那以后,她收听了波波夫电台的所有广播。现在乌妮终于开口说话了,泰赫迪宁老师和阿曼达趁机开始问她更多的问题。原来乌妮早在夏天就离家出走了,她之前的藏身之处被发现后,她在秋天来到了棚屋路。当泰赫迪宁老师问她到底是如何度过如此寒冷的天气时,乌妮耸了耸肩说这不是什么奇迹,她只是在晚上早早地爬进睡袋,直到太阳升起才出来。

乌妮说话的时候,一件让我感到不安的事情悄悄进入了我的脑海。泰赫迪宁老师和阿曼达问完之后,周围一阵安静。就在那时,我终于有机会说出困扰我的问题了。

"如果乌妮听过波波夫电台的节目,那就意味着其他人也可以听到。"

"很有可能。"阿曼达说着转向我,"你的听众数量可能比你知道的要多得多。"

"是的,那个……"泰赫迪宁老师支支吾吾,"我不得不承认,自从我从你那里听说了这件事,我时常听你的节目,阿尔弗雷德。"

我不知道还能说什么。我感觉脚下的大地开始颤抖。我曾经考

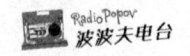

虑过一个完全陌生的人是否可以收听到我的无线电广播的问题，但我认为这怎么也不可能。节目在晚上以一种人们不容易遇到的罕见频率出现，而且就算有人误听了这个节目，他也很难坚持听。但也许我错了，也许在某个地方有人知道波波夫电台和我的声音，而我对他们一无所知。

当我终于停止胡思乱想的时候，我注意到其他人已经回到了桌子边，我也加入了他们。泰赫迪宁老师的椅子已经拉到了桌子的一头，我坐在泰赫迪宁老师的一边。桌子的另一端坐着阿曼达和维科。伊丽丝将自己的位置让给了乌妮，她来到了泰赫迪宁老师旁边。伊丽丝抚摸着趴在桌子上打瞌睡的胡维图斯，眼睛闪闪发亮地向泰赫迪宁老师解释说，当哈拉莫夫斯基从窗口把邀请函带到泰赫迪宁老师面前时，它表现得像《哈利·波特》里的猫头鹰海德薇。坐在柜顶上的哈拉莫夫斯基听到自己的名字，一抖翅膀，飞身来取餐桌上的食物。维科在整个用餐过程中一直注视着哈拉莫夫斯基，最后用清晰的声音说它看起来就像他在电视上看到的一只鸟。尼洛和乌妮在桌子旁靠得很近，他们热情地交谈着，别人很难听懂他们在说什么。另一边，阿布迪整个晚上都在确保每个人都能得到他们需要的东西。萨拉在她哥哥旁边开心地尖叫着，时不时把手伸进那碗坚果里。夏洛塔弯着腰坐着，避开了其他人的目光，但仔细听着大家说话，偶尔爆发出响亮的笑声，原因谁也不知道。

粥吃完后,阿曼达把一个大陶盘放在桌子上,里面有热气腾腾的烤苹果派。然后她向哈拉莫夫斯基吹了两声口哨,哈拉莫夫斯基立刻飞身从厨房角落里取来一袋带有椰子片的巧克力球,放在桌子上。泰赫迪宁老师打开公文包,拿出一盒橘子酱和一块上面放着橙片的巧克力蛋糕。桌上还有肉桂面包,当然还有各种苹果。在我们吃甜点之前,阿曼达在杯子里装满了每个人想喝的东西,我们一起举杯。

晚些时候,伊丽丝与大家分享了她自己写的歌词。我不是很喜欢唱歌,所以我在没有人注意的情况下偷偷爬进了黑暗的塔楼。无线电发射机的剪影在窗上透进的灯光中格外显眼。我坐在窗前的凳子上望着外面的花园,想到现在已是下半夜,是星期六的凌晨了。我知道了乌妮如此生气的原因,她正在等待波波夫电台的广播。我根本没有准备圣诞之夜的节目,因为我原以为波波夫电台的所有听众都会在阿曼达家。但如果真的有其他人呢?如果有人现在不睡觉只是为了听广播呢?我悄悄打开了塔楼的地板门,听到了伊丽丝正在向房间里的其他人发出唱歌的邀请。当时钟在三点敲响时,就在楼下歌声传来的前一刻,我打开无线电发射机,将麦克风对准通往塔楼的楼梯。

33　波波夫电台的圣诞歌曲

亲爱的听众,欢迎收听波波夫电台的圣诞广播!我是阿尔弗雷德,这个节目的主持人。

这次我不会讲很长时间,但我要让我们电台的听众来发声。今晚,他们做了一件特别勇敢和具有挑战性的事情,这需要他们克服许多障碍。很快他们将给我们表演一个节目。现在他们似乎已经准备好了。亲爱的听众们,接下来是波波夫电台的圣诞歌曲!

波波夫电台在煮粥,
阿曼达·莱赫蒂玛雅放入了浆果,
当被遗忘者抵达"世界边缘",
来到一栋浆果色的房子的门廊。

有一只猫、一只乌鸦,还有苹果,
阿曼达可不是坏女巫。

她的耳朵有时会抖动,
以至于桌子上的果酱罐也跟着晃动。

艾丽塔、阿莫罗萨、洛博、波洛温卡,
圣诞苹果被我们这伙人吃光了。
胡维图斯、哈拉莫夫斯基、老安东诺夫卡,
是波波夫电台的圣诞小队。

当房间里都是孩子时,
有人开始在收音机上播放爵士乐。
是波波夫电台的主持人,
一个男孩,叫被遗忘的阿尔弗雷德。

每个人都曾经是个孩子,
小酌时,很容易忘记。
但这不需要太多,
要让孩子们更经常地笑。

艾丽塔、阿莫罗萨、洛博、波洛温卡,
圣诞苹果被我们这伙人吃光了。

波波夫电台

胡维图斯、哈拉莫夫斯基、老安东诺夫卡，
是波波夫电台的圣诞小队。

阿曼达的家里充满了笑声，
波波夫电台感谢所有人。
亲爱的现在的和以前的孩子，
永远记住这些话。

要好好做人，
永远不要变成纸板人。
这就是波波夫电台的讲话，
祝福大家圣诞平安。

34　照片

派对结束后就到了圣诞节的清晨。我在吊床上醒着,阿曼达爬上了阁楼。在我注意到他们离开之前,阿曼达和泰赫迪宁老师已经护送客人回家了。乌妮最终同意搬到泰赫迪宁老师那儿,直到他为她找到一个新家——一个有绘画空间以及即使在冬天也温暖的地方。

"真是个了不起的女孩,非常了不起。"阿曼达惊叹道。

"你是说乌妮?"

"我的意思是,即使我几乎每天晚上都经过她的住处,我也没有找到她。"

阿曼达说她的耳朵在圣诞节前几周确实在棚屋路抖动过,但不知为什么它们没有一路引导她到那里。

阿曼达曾查看过这些棚子,但没有一次进入最后一个棚子,即乌妮藏身的地方。我记得在乌妮被发现前不久,阿曼达曾在小巷里停下来,在棚屋之间张望,但最终却是怀疑自己的耳朵出了差错,毕竟有时它们也可能犯错。

"我以为没有人能真的住在黑暗小巷的冰冷棚屋里。"阿曼达摇摇头说,"也许乌妮离得太近了,或者她坚持以某种方式掩盖了叹息。"

我想起泰赫迪宁老师找到乌妮时她正在冷棚里对着坏掉的收音机大发雷霆,太有趣了。整个晚上都那么梦幻,却又那么真实,我仿佛经历了一个美妙的时刻,世界的界限在移动,不可能变成可能。有时感觉就像大陆板块在延伸,或者火山在喷发以宣告它的存在,你永远猜不到接下来会发生什么。当晚的事情开始像洪流一样在我的脑海中涌现,直到阿曼达喊我。

"阿尔弗雷德,"她轻轻地说,"你可能还记得,在我们见到你爸爸的那天晚上,我告诉过你关于圣诞礼物的事。"

"是的,是爸爸给你的那些文件。"

"那还不是全部。"阿曼达说着把照片递给了我,"这是给你的。圣诞快乐,阿尔弗雷德!"

我靠在枕头上坐着,看着照片。照片上一名年轻女子微笑着看着一个在她怀里睡觉的孩子。起初这张照片并没有引起我的任何感觉,它只是一张普通的照片,只是一瞬间的记录。但当我仔细观察时,我开始觉得它有一些熟悉的东西。

"你也有同样的笑容。"阿曼达说。

244

我先是抬手抚了下我的嘴唇,然后摸了摸照片上的人的嘴唇——她微笑的嘴唇。

"妈妈。"我小声说。

"所以,看起来她把你抱在怀里的时候很高兴。"

"你从哪儿弄来的这个?"

"你爸爸要求把它给你。"阿曼达说。

"但爸爸不应该对妈妈有任何记忆。"我局促地说,"爸爸一直说,他对妈妈一无所知。妈妈突然消失得无影无踪了。"

"你当然只能相信他,"阿曼达歪着头说,"因为你妈妈早就从你身边消失了。"

我耸了耸肩,握住照片。我希望通过它可以想起一些东西,可以在脑海中看见一点点过去,但是那个形象并没有在我的脑海中浮现,拍照的时候我还太小。

"你妈妈病得很重。"阿曼达说,"拍这张照片时,她已经知道自己会死,所以她早早和你道别,把你交给你爸爸照顾。"

"爸爸怎么什么都没说?为什么他总说妈妈失踪了?"

"你妈妈去世后,他非常悲伤和混乱,无法告诉你真相。"阿曼达说。

"而一个秘密保守的时间越长,就越难揭开。你爸爸给你编了一个故事,渐渐地他自己也相信了。有时候时间长了,一个人甚至不知道他所说的什么是真的、什么是假的。"

在妈妈这样重要的事情上,爸爸竟然搞错了,这似乎很奇怪,但也许悲伤改变了爸爸太多的记忆和想象。也许有一天它们会回到原处,爸爸记性会变得好一点儿。我看着照片,试图想象妈妈走路或喝咖啡时的样子,这并不容易。不过现在,我终于看到了她。

阿曼达抓住我的手,轻轻地捏了一下,然后她站起来,说要下去给炉子生火。阿曼达走后,我把照片翻过来,看到照片后面写着什么。字迹弯弯的,就像一排被风卷入旋涡的云。照片的背面是我的名字——这是我从妈妈祖父那里得到的,妈妈在这幅照片的背面写下了它,我的名字——是的,确实是阿尔弗雷德。

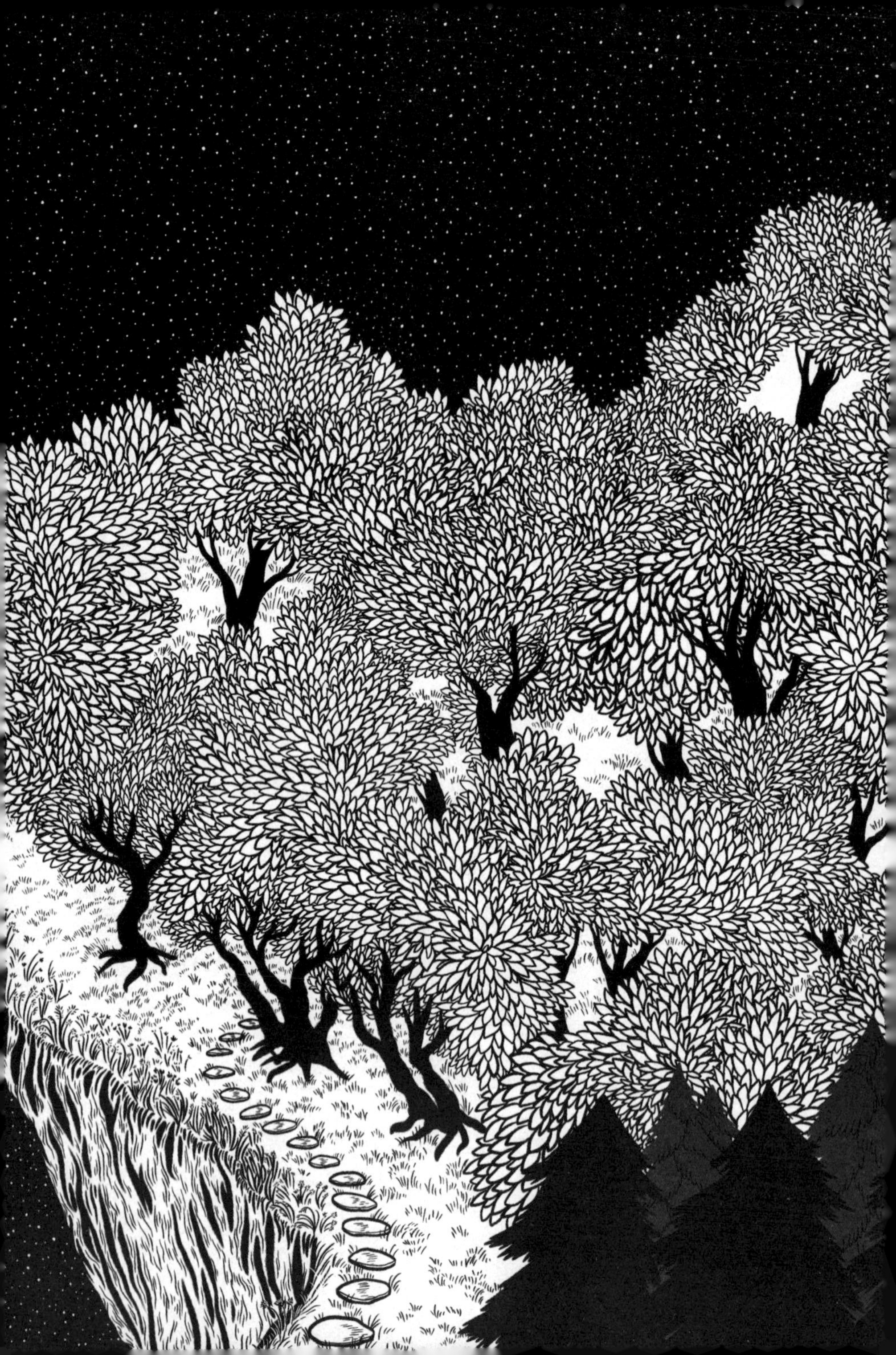

后 记　谁是亚·斯·波波夫

亚历山大·斯捷潘诺维奇·波波夫是一个真实存在的人，阿尔弗雷德的电台名字就取自他的名字。他是一位物理学家和发明家，1859年出生于俄罗斯，1906年去世。在波波夫生活的那个时代，科学技术飞速发展，许多我们熟悉的发明也出现了。灯泡、X射线、自动扶梯，以及本书中最重要的设备——无线电发射机，都出现在那个时代。波波夫是无线电的早期开发者之一，他成功地用他的实验证明了无线电技术可以在生活中使用。1900年初，在寒冷的一天，波波夫通过在两个岛屿之间建立的无线电设备，使一艘被冰困在芬兰湾的船只得到救援。正如阿尔弗雷德在他的广播中所说，这个设备在营救被困在浮冰上的渔民方面也起到了很大的作用。然而，本书中波波夫与奥尔加以及其他人物和事件的联系完全是作者虚构的，是作者想象出来的。因此，除了这本书，波波夫和奥尔加的友谊在其他任何地方都没有被提及。